2025 계엄민국

마동주 소설

닥터.지킬

대한민국헌법 제1조

대한민국은 민주공화국이다.

차례

007 프롤로그
011 되살아난 망령
030 일상의 붕괴
046 국민은 개, 돼지
063 가만히 있으라
075 교단 위의 지배자
086 강요된 애국심
103 가짜 뉴스
113 수거 작전
133 봉인된 인권
148 두 번 죽은 청년
161 독재를 설계하다
171 구국의 결단
188 에필로그

소설 속 인물과 사건 등은 모두 허구입니다.

프롤로그

2024년 12월 31일.
- 이번 정류소는 사당역입니다. 다음 정류소는….

시내버스 기사 최수철은 핸들 너머로 서울의 밤거리를 바라보았다. 사당역 정류소를 막 지나온 참이었다. 한 해의 마지막 날 자정이 가까운 시각, 거리는 한산했다. 버스 안에도 승객이 4명뿐이었다. 승객들은 저마다 창밖을 내다보며 상념에 잠긴 듯했다.

저문 해가 아쉬운 건지, 아니면 새해가 반가운 건지 눈발이 흩날리기 시작했다. 괜히 마음이 들뜬 최수철은 라디오를 따라 흥흥거리며 콧노래를 불렀다. 라디오에서 루이 암스트롱의 'What a Wonderful World'가 흘러나왔다. 음악이 끝나자 디제이가 부드러운 목소리로 새해 인사를 건넸다.

"2025년 새해가 밝았습니다. 지난 한 해도 수고 많으셨습니다. 모두들 평온한 새해 맞이하시길 바랍니다."

이어서 아바의 'Happy New Year'가 흘러나오는가 싶더니 음악이 뚝, 끊겼다. 곧 디제이가 당황한 듯한 목소리로 말했다.

"어… 지금 막 뉴스 속보가 들어왔습니다. 조금 전… 그러니까 자정을 기해 대통령이 비상계엄을 선포했다고 합니다."

잠시 침묵이 흘렀다. 라디오 너머에서 뭔가를 뒤적이는 듯한 소리가 희미하게 들려왔다. 곧 다시 음악이 흘러나왔다. 마치 아무 일도 없었다는 듯이.

최수철은 귀를 의심했다. 비상계엄? 2025년 대한민국에서 비상계엄을 선포했다고? 전쟁도, 테러도 없는데? 그는 방송 사고일지도 모른다고 생각했다. 라디오 주파수를 뉴스 채널로 재빨리 돌렸다. 앵커의 다급한 목소리.

"…속보를 전해 드립니다. 대통령이 2025년 1월 1일 0시를 기해 비상계엄을 선포했습니다."

앵커 자신도 믿기 어렵다는 듯한 어조였다.

"자세한 내용은 확인 중입니다. 추가 속보가 들어오는 대로 전해 드리겠습니다."

곧이어 대통령의 거친 육성이 전파를 탔다.

"존경하는 국민 여러분. 저는 자유대한민국을 위협하는 종북 반국가 세력을 척결하고 법과 질서를 바로잡기 위해 비상계엄을 선포합니다. 이는 국민의 자유와 안전을 지키기 위한 불가피한 조치입니다. 대통령으로서 국가 정상화를 위해 최선을 다할 것입니다. 국민 여러분의 협조를 부탁드립니다. 저를 믿고 함께해 주십시오. 저는 오직 국민만을 바라보며 나아가겠습니다."

순간, 최수철은 아들을 떠올렸다. 수도방위사령부 군사경찰단 소속 부사관인 그의 아들은 지난주부터 비상 근무령이 떨어져 퇴근 후에도 귀가하지 못하고 있었다. 마침, 버스가 곧 남태령 고개를 넘어갈 것이었다. 그는 운전대를 양손으로 꾹, 움켜잡았다.

남태령 정상 부근. 수도방위사령부 정문 앞에 덩치 큰 군용 트럭 여러 대가 줄지어 서 있었다. 화물칸에 군장을 메고 소총으로 무장한 군인들이 빼곡히 앉아 있었다.

불안한 마음에 최수철은 버스를 갓길에 세웠다. 엔진 소리가 낮게 울렸다. 매서운 바람이 창문을 흔들었다. 그는 주머니에서 휴대폰을 꺼내 급히 아들에게 전화를 걸었다.

- 고객님의 전화기가 꺼져 있어 음성 사서함으로 연결….

가슴이 철렁, 내려앉았다. 다시 전화를 걸었다. 그러나 안내 음성이 반복될 뿐이었다. 휴대폰을 쥔 손바닥에서 땀이 배어 나왔다.

최수철은 창밖을 보았다. 무장한 군인들을 가득 태운 군용 트럭들이 어디론가 출동하고 있었다. 어디선가 희미하게 들려오던 헬리콥터 소음이 점점 거세졌다. 그는 고개를 꺾어 밤하늘을 올려다보았다. 검은 그림자들이 편대를 이루어 어디론가 급히 날아가고 있었다. 그 아래로, 서울의 밤은 숨죽인 듯 고요했다.

도대체 무슨 일이 벌어지고 있는 거야?

되살아난 망령

2024년 4월 4일.

서울 종로구 궁정동 대통령 안가. 대통령의 공식 거처는 청와대였지만 중대한 정치적 판단이나 비밀 회동이 있을 때면, 박두열은 어김없이 이곳을 찾았다. 과거 군부 독재 시절, 권력자들이 음울한 결정을 내렸던 이곳. 이제 또다시 그 어두운 망령이 되살아나려 하고 있었다.

  늦은 밤, 대통령 안가 거실. 묵직한 원목 테이블 위에는 빈 술병과 먹다 남은 안줏거리가 어지럽게 널려 있었다. 소파에 반쯤 누운 채 천장을 멍하니 바라보던 박두열은 한숨을 크게 내쉬었다.

대통령으로 취임한 지 이제 겨우 1년. 자유 낙하를 하듯 떨어지는 지지율, 총선 참패, 연일 터지는 측근의 비리 의혹, 야당의 특검법 추진 등. 그는 더 이상 물러설 곳이 없었다.

"대책을 내놓으라고요, 대책을!"

조금 전까지 이곳에서 여당 지도부와 국무위원들을 몰아세우며 질책했다. 그러나 소용없는 일이었다.

박두열은 몸을 일으켰다. 빈 맥주잔에 소주를 반쯤 부었다. 그리고 맥주를 가득 부어 잔을 마저 채웠다. 그가 거친 목소리로 주방을 향해 소리쳤다.

"야, 삼겹살 좀 더 내와! 이봐! 뭐 하냐고!"

주방장이 거실로 뛰어 들어왔다. 그는 머리를 한 번 깊이 숙인 뒤, 테이블 위에 고기 접시를 내려놓고 뛰어나갔다.

박두열은 술잔을 단숨에 비웠다. 다시 잔을 채우려고 할 때, 경호처장이 거실로 들어섰다.

"진공도사님 도착하셨습니다."

잠시 후 거실 입구에 한 노인이 모습을 드러냈다.

흐트러진 백발과 길게 내려온 수염, 그리고 새하얀 도포. 목에는 염주를 걸고 있었다. 그의 눈빛이 기이하게 반짝였다. 마치 세상의 모든 것을 꿰뚫어 보는 듯했다.

진공도사(眞空道師 진리와 공을 깨우친 무속인). 그는 박두열의 오랜 영적 멘토였다. 박두열의 등에는 여의주를 입에 문 용 문신이 새겨져 있었다. 대선 후보 시절, 등에 용을 업고 다니면 대통령에 당선될 거라고 조언한 이가 바로 진공이었다.

박두열은 흐릿한 눈으로 진공을 바라보더니, 술잔을 치켜들었다. 그가 꼬인 혀로 말했다.

"허허허…. 우리 진공도사님, 드디어 오셨구먼. 이리 와서 일단 한잔해요."

진공은 맞은편에 자리를 잡고 앉았다. 박두열이 맥주잔에 술을 붓고 그에게 내밀었다. 진공이 잔을 받았다. 그는 입도 대지 않고 잔을 테이블 위에 내려놓으며 말했다.

"이런 때일수록 몸을 잘 돌보셔야 합니다. 늘 맑은 정신을 유지하셔야 하고요."

박두열은 무거운 표정으로 진공과 눈을 마주쳤다. 진공은 독사 같은 눈으로 나무라듯 그를 노려보았다. 순간, 박두열의 등을 타고 소름이 돋았다. 몸에서 술기운이 훅, 빠져나가는 것 같았다. 그는 술잔을 내려놓고 허리를 바로 세웠다.

"상황이 아주 심각합니다, 도사님."

진공은 눈을 감았다.

"이미 예상했던 일 아닙니까?"

그가 손끝으로 염주를 굴리기 시작했다.

"특검법이 국회를 통과했습니다. 제가 거부권을 행사했지만, 야당은 재발의를 준비하고 있어요. 총선에서 참패했고 여당 내에서도 이탈 표가 나올 겁니다. 이대로 가다가는 특검이 현실이 될 겁니다. 탄핵을 피할 수 없을 거예요."

박두열은 손을 떨며 이를 악물었다.

"비상계엄을 선포하십시오."

진공이 눈을 뜨며 말했다.

"비상계엄?"

박두열은 잘못 들은 줄 알고 되물었다.

"그렇습니다."

진공이 대답했다.

"비상계엄이라니… 상상도 못 해 봤습니다. 그런 게 가능하겠습니까?"

진공은 고개를 끄덕였다.

"가능 여부를 따질 필요가 없습니다. 가능하도록 만들면 되는 것이지요. 비상계엄을 선포하고 군을 이용해 국회를 장악하면 특검 따위는 의미가 없어집니다."

박두열은 숨을 깊이 들이마셨다.

비상계엄이라니….

그것은 단순한 정치적 선택이 아니었다. 국가를 뒤흔들게 될 결정이었다.

"그런데… 국민들이 가만히 있겠습니까? 옛날 광주 사태 때처럼 무장 폭동이 일어날 수도 있잖아요."

진공은 미소를 지었다.

"가만히 있도록 만들어야지요."

그의 말에는 흔들림이 없었다.

"만약 실패하면요? 비상계엄을 선포했다가 실패하면 저는 어떻게 되는 겁니까?"

"무엇이 그렇게 두려우십니까? 이렇게 죽으나 저렇게 죽으나 한 가지 아닙니까? 가만히 계시다가 황천길로 가시겠습니까?"

박두열은 생각했다. 맞는 말이었다. 가만히 있으면 이대로 끝장이었다. 살기 위해서는 무엇이든 해야 했다.

"그렇다면… 제가 무엇을 해야 합니까?"

"역사 속에서 시대의 흐름을 꿰뚫어 보고 권력을 설계한 이들이 있었습니다. 그중 한 명이 바로 관진보살(觀眞菩薩 세상의 진리를 꿰뚫어 보는 무속인)이지요."

박두열이 미간을 좁히며 물었다.

"관진보살이라고 하셨습니까?"

되살아난 망령 15

진공이 고개를 끄덕였다.

"12.12 쿠데타 성공의 숨은 공신입니다. 당시 계엄 수뇌부의 명령을 받고 극비리에 쿠데타 설계를 한 전략의 귀재이지요. 하지만 세상에 그를 아는 사람은 드뭅니다. 쿠데타 성공 후 젊은 나이에 부와 영화를 누렸지만, 갑작스럽게 신내림을 받았습니다. 그때 군을 떠나 30년째 속리산에서 칩거하고 계시지요. 오래전 속세를 떠났지만 세상 돌아가는 흐름을 여전히 꿰뚫고 계십니다. 관진보살을 찾아가십시오. 대통령님이 나아갈 길을 알고 계실 겁니다."

관진보살. 한 번도 들어본 적 없는 이름이었다. 그러나 진공이 이토록 확신을 갖고 말한다면…. 박두열은 주먹을 꽉 쥐었다.

"좋습니다. 그분을 만나 보겠습니다."

진공은 희미하게 미소를 지었다.

늦은 밤, 청와대 대통령 집무실. 박두열은 책상에 앉아 문서 한 장을 뚫어지게 들여다보고 있었다. 속리산으로 가는 이동 경로와 경호 계획이 적힌 보고서였다.

문이 조용히 열리고, 경호처장이 들어왔다.

"각하, 이동 준비가 완료되었습니다."

박두열은 시선을 그에게 돌렸다.

"아무 문제 없이 다녀올 수 있겠지?"

"보안 점검을 철저히 끝냈습니다. 공식 일정에 포함되지 않았고 수행 인원도 최소한으로 줄였습니다. 각하의 이동 계획은 오직 저와 경호처 핵심 인원만 알고 있습니다."

"참모진 눈에도 띄면 안 되니까, 반드시 해가 뜨기 전에 돌아와야 해. 오늘 밤 자정에 출발할 거야."

"알겠습니다."

경호처장은 고개를 끄덕였다. 그는 뒷걸음으로 대통령 집무실을 나섰다.

****

어둠이 짙게 깔린 새벽, 서울을 빠져나온 검은색 세단이 한적한 고속도로를 따라 남쪽으로 달렸다. 운전대를 잡은 경호원은 제한 속도를 넘지 않으며 차를 몰았다. 조수석에 앉은 경호처장은 내비게이션을 예의주시했다.

세단이 고속도로를 벗어나 지방도로에 접어들자, 경호처장이 고개를 뒤로 돌렸다.

"각하, 10분 내로 도착합니다."

박두열은 고개를 끄덕였다. 그는 관진의 신상정보가 담긴 문서철을 다시 펼쳤다.

본명 신세희. 12.12 쿠데타 당시 전략 기획을 맡았던 인물. 그의 시나리오 덕분에 쿠데타가 성공할 수 있었다. 그러나 군 내부에서조차 그가 쿠데타에 가담한 사실을 아는 이는 드물었다. 이후 군에서 빠르게 입지를 다졌으나, 불의의 사고로 아내와 자식을 모두 잃은 뒤 신내림을 받았다.

세단은 산길을 따라 깊숙이 들어갔다. 헤드라이트 불빛이 칠흑 같은 어둠을 휘저었다. 멀리서 희미하게 흔들리는 불빛이 보였다. 곧 세단이 외딴 사찰 앞에 멈춰 섰다. 초가지붕 아래 흙으로 벽을 쌓은 조그마한 사찰이었다. 뒤쪽에 그보다 더 작은 별채가 있었다. 마당 입구에서 커다란 해태 석상이 세단을 노려보았다.

경호처장과 경호원이 먼저 내려 주변을 살폈다. 잠시 후 박두열이 차에서 내렸다. 그때 사찰 문이 열리고, 승복 차림의 노인이 모습을 드러냈다. 관진이었다. 그는 쇳소리가 섞인 듯한 굵은 목소리로 말했다.

"먼 길 오시느라 고생하셨습니다."

고슴도치처럼 짧은 머리와 각진 얼굴, 그리고 이마에 깊게 패인 주름. 관진은 낡고 바랜 전투복 위에 헤진 승복을 걸쳤고 낡은 군화를 신고 있었다. 여든이 가까운 나이임에도 기골이 꼿꼿해 보였다.

박두열은 경호처장과 함께 관진을 따라 사찰 안으로 들어섰다. 내부는 단출했다. 재단을 갖춘 방 하나와 간소한 입식 부엌이 전부였다. 전기가 들어오지 않는지, 희미한 호롱불이 금세 꺼질 듯 위태롭게 방 안을 밝히고 있었다. 바닥에 붉은 천을 덮은 나무상이 놓여 있었다. 상 위의 청동 향로에서 연기가 느릿느릿 피어올랐다. 벽에 걸린 선반에는 끈으로 제본된 고서들이 가지런히 꽂혀 있었다. 눈을 부릅뜬 부처가 재단 위에서 그들을 내려다보고 있었다.

관진이 바닥에 깔린 방석을 손으로 가리켰다.

"편히 앉으십시오."

박두열이 방석 위에 앉았다. 경호처장은 그의 등 뒤, 맨바닥에 자리를 잡았다. 관진이 박두열과 마주 앉으며 말했다.

"덕수야, 차 좀 내오거라."

잠시 후 까까머리 청년이 찻잔 3개를 올린 작은 상을 내려놓고 나갔다.

"먼 길을 오셨으니, 차 한 잔 드시지요."

박두열은 찻잔을 들었다. 손으로 전해지는 온기에 긴장이 녹아내렸다.

"제가 보살님을 찾아온 이유를 알고 계시지요?"

관진이 미소를 지었다.

"각하께서 직접 오실 줄은 몰랐습니다. 미천한 노승에게 어떤 도움을 바라시는지 먼저 듣고 싶군요."

"비상계엄을 시행하려고 합니다. 지금 나라가 통제 불능 상태로 치닫고 있어요. 야당과 언론은 가짜 뉴스로 국민을 선동하고 국가 안보는 무너지고 있습니다. 혼란을 막고 질서를 바로잡기 위해서는 계엄밖에 방법이 없습니다. 성공할 수 있도록 도와주십시오."

관진은 눈을 감고 염주를 굴렸다. 침묵이 흘렀다. 밖에서 귀뚜라미가 울었다. 바람이 색색거렸다. 그러자 나뭇잎은 바스락거렸다. 이윽고 관진이 눈을 뜨며 말했다.

"비상계엄이 성공하려면 군의 도움이 절실합니다. 그들의 도움 없이는 계엄령을 실행할 수단도, 유지할 힘도 없습니다. 따라서 먼저 군을 장악해야 합니다. 하지만 각하의 명령만으로 군이 기꺼이 움직이지는 않을 겁니다. 그들은 자신에게 실질적인 이득이 있을 때만 충성을 바치니까요. 군이 개입해야 하는 이유가 분명해야만 그들은 각하 편에 설 것입니다."

"그래서 보살님을 찾아왔습니다. 군을 움직이는 법, 반대 세력을 잠재우는 법, 모든 걸 알고 계실 거라 생각합니다. 부디, 우매한 저에게 길을 알려 주십시오."

"군이 각하를 따르도록 만들려면, 그들이 얻게 될 이득을 명확히 제시해야 합니다. 그들이 가장 바라는 건 권력입니다. 충성하는 자에게는 핵심 보직을 주고 진급도 보장해 주어야 합니다. 반대로 불충한 자는 권력으로부터 배제해야 합니다. 그렇게 함으로써 군 조직의 질서를 새롭게 정립하고 각하께 충성하는 자만 살아남을 수 있도록 만들어야 합니다. 그리고 …."

관진은, 과외교사가 초등학생을 가르치듯, 대통령의 눈높이에 맞춰 군을 장악하기 위한 전략과 전술에 대한 이야기를 이어갔다. 박두열은 고개를 끄덕이며 공손한 태도로 그의 말을 들었다.

끝으로 관진이 말했다.

"불충한 세력은 철저히 고립시켜야 합니다. 그뿐만 아니라 필요한 경우에는 제거해 버려야 합니다. 그렇게 하지 않으면 계엄에 성공할 수 없습니다. 설령 성공하더라도 언젠가 그들은 각하의 등 뒤에서 총을 겨눌 겁니다."

박두열은 한숨을 내쉬었다.

"대통령이 군 통수권자라지만, 제 능력으로는 도저히… 어려운 일인 것 같군요. 저는 군 경험도 없고 군에 인맥도 없습니다."

"진돗개처럼 충성스러운 인물을 국방부장관으로 임명하십시오. 그를 통해 군을 장악하면 됩니다. 현 국방부장관은 각하께 충성을 다할 인물이 아닙니다. 언제든 정치적 이익을 위해 입장을 바꿀 수 있는 사람입니다. 그보다 신뢰할 수 있는 인물로 교체해야 합니다. 원하신다면 제가 충직한 인물을 하나 추천해 드리겠습니다."

박두열은 흥미로운 눈빛으로 그를 바라보았다. 관진이 말을 이었다.

"신용성 장군입니다. 신 장군은 지난 정부 시절, 정치적인 이유로 대장 진급을 못 하고 군을 떠났습니다. 요직을 두루 거쳤기 때문에 탄탄한 인맥을 갖고 있습니다. 신 장군을 따르는 후배 장군들과 젊은 장교들도 아주 많지요. 무엇보다 아주 영리하고 판단력이 빠릅니다. 탁월한 군인입니다."

관진이 말을 멈추고 시선을 경호처장에게 돌렸.

"같이 오신 경호처장이 신 장군과 인연이 있는 것으로 알고 있습니다만…."

박두열이 고개를 뒤로 돌렸다. 경호처장이 말했다.

"제가 합참 본부에서 근무할 때, 신 장군님이 지상작전 사령관이셨습니다. 부하들에게 신망이 두터웠고 작전 지휘 능력도 뛰어난 분입니다."

박두열이 고개를 끄덕였다. 관진이 말했다.

"3성 장군으로 군 생활을 끝내기에는 아까운 인물입니다. 국가를 위해 더 큰 일을 해야 할 사람입니다. 스스로도 그것을 원하고 있습니다. 사실, 신 장군은 저의 먼 조카뻘이기도 하니 제가 미리 전갈을 넣어 두겠습니다. 한 번 불러서 선을 보십시오. 신 장군을 국방부장관으로 임명하면 각하의 뜻을 필히 이루실 수 있을 것입니다."

박두열은 고개를 끄덕였다.

"각하께 보여 드릴 것이 있습니다."

관진이 자리에서 일어나 선반 위의 고서들 사이를 뒤졌다. 낡은 노트 한 권을 꺼내 나무상 위에 내려놓았다. 그가 노트를 손으로 쓸어내리며 말했다.

"이건 제가 세상에 처음 공개하는 겁니다. 1980년 12월 12일…."

관진은 말을 멈추고 눈을 지그시 감았다. 감회에 깊이 사로잡힌 듯했다. 그가 눈을 뜨며 말을 이었다.

"그날의 거사를 위해 제가 작성한 전략 전술서 원본입니다. 시대가 변했어도 변하지 않는 원칙이 있습니다. 손자병법이 수천 년이 지나도록 읽히는 이유가 바로 그 때문입니다.

이 노트를 읽어 보시면 많은 깨달음을 얻게 되실 겁니다. 미천한 노승을 찾아 주신 것에 대한 보답으로 드리겠습니다."

고고학자가 고대 유물을 다루듯, 박두열은 조심스럽게 첫 장을 펼쳤다. 깨알 같은 글자가 페이지를 빼곡히 채우고 있었다. 그는 유심히 들여다보았다.

- 작전명 마누라의 생일잔치… 수거 대상… 빨갱이….

박두열이 고개를 들며 말했다.

"이 귀한 걸 저한테 주신다고요?"

관진은 흐뭇한 표정으로 고개를 끄덕였다.

"제게는 쓸모없는 물건입니다."

***

속리산에 다녀온 뒤, 박두열은 신용성의 인사 기록은 물론 국가정보원에서 올라온 신원조사 보고서까지 꼼꼼히 검토했다. 지휘 능력, 작전 능력, 대인 관계, 금전 관계 등 어느 부분에서도 흠잡을 데가 없었다.

박두열은 신용성을 대통령 안가로 불렀다. 관진이 대통령의 계엄 계획을 이미 설명했고, 그가 긍정적으로 받아들였다는 보고를 받았다. 그러나 중대한 결정인 만큼 그의 의중을 직접 확인할 필요가 있었다.

진공이 신용성을 선보는 자리에 동석했다. 박두열은 중요한 인사를 결정하기 전에 반드시 그를 불러 상대의 관상을 살피도록 했다.

경호처장이 신용성을 회의실로 안내했다. 그가 차렷 자세로 이마에 손을 올렸다.

"충성! 예비역 중장 신용성. 대통령 각하의 부르심을 받고 왔습니다."

박두열은 미소를 지으며 손을 내저었다.

"하하하, 이등병처럼 왜 그러십니까? 긴장하지 말고 편히 앉으세요."

"네, 각하."

신용성은 두 사람을 마주 보고 앉았다. 잠시 그들은 차를 마시며 현 시국에 대한 대화를 나눴다. 이윽고 박두열이 본론을 꺼냈다.

"신 장군."

"네, 각하."

"내가 왜 불렀는지 알고 있죠?"

신용성이 고개를 끄덕였다.

"네, 알고 있습니다. 각하께서 국가의 안정을 위해 중대한 결단을 내리셨고, 저에게 그 결단을 뒷받침할 임무를 맡기시려 한다는 것, 그 사실을 충분히 인지하고 있습니다."

"신 장군은 내 결단을 어떻게 평가합니까?"

그가 흔들림 없는 태도로 말했다.

"현 시국에서 강력한 결단은 불가피하다고 생각합니다. 강한 지도력 없이는 혼란을 잠재울 수 없고, 국가는 걷잡을 수 없는 위기에 빠질 것입니다. 각하께서 내리신 결단은 국가를 바로 세우기 위한 필연적인 선택입니다. 저는 그 뜻을 전적으로 지지합니다."

박두열이 옆에 앉은 진공을 바라보았다. 그가 고개를 세 번 끄덕였다. 믿어도 좋다는 뜻이었다.

"좋습니다. 신 장군, 저를 위해 국방부장관을 맡아 주시겠습니까?"

신용성이 자리에서 벌떡 일어나 이마에 손을 올렸다.

"충성! 각하와 함께 국가를 바로 세우는 데 최선을 다하겠습니다."

박두열은 테이블 서랍에서 낡은 노트를 꺼냈다. 조심스럽게 신용성 앞으로 밀었다.

"12.12 군사 작전의 전략과 전술이 담긴 원본 노트입니다. 신 장군에게 도움이 될 겁니다."

신용성은 노트를 들고 첫 장을 펼쳤다. 잠시 후 그가 고개를 깊이 숙였다.

"귀중한 자료 감사합니다. 이걸 바탕으로 각하의 결단이 성공할 수 있도록 철저히 준비하겠습니다."

"좋습니다. 그럼 신 장군이 모든 준비를 맡아서 해 주세요. 실패는 용납할 수 없습니다."

"네, 명심하겠습니다."

***

2025년 1월 1일 00시 10분.

십여 대의 헬리콥터가 어둠을 가르며 국회 상공에 모습을 드러냈다. 흩날리던 눈발이 돌풍을 만난 듯 소용돌이쳤다. 수십 개의 로터 블레이드가 동시에 회전하며 만들어 내는 진동 소음이 여의도의 정적을 갈기갈기 찢었다.

헬리콥터는 국회의사당 옥상과 국회 잔디광장에 연이어 착륙했다. 실탄으로 무장한 공수특전단 병력이 일제히 뛰어내렸다. 그들은 곧장 의사당 안으로 진입, 순식간에 본회의장과 로비, 그리고 출입구를 장악했다.

그와 동시에 군용 트럭 수십 대에서 계엄군들이 쏟아져

내렸다. 그들은 국회의원회관, 국회청사, 국회도서관 등 국회 내 모든 시설을 점거했다. 국회경비대 병력은 계엄군에게 출입로를 열어 주었다. 계엄군을 에스코트했다. 건물 도면도 제공했다. 경찰은 국회 진입을 시도하는 의원과 시민에게 삼단봉을 휘둘렀다. 모두가 한통속이었다.

계엄군은 사무실과 회의실, 휴게 공간까지 일일이 문을 두드렸다. 잠긴 문은 개머리판으로 부수고 진입했다. 밤샘 근무 중이던 의원 보좌관들과 국회 직원들이 하나둘 모습을 드러냈다. 그들은 대부분 예산안 마감 후 잔무를 정리하거나 회계 결산 자료를 마무리하던 중이었다.

계엄군이 총부리를 들이대며 외쳤다.

"바닥에 엎드려! 움직이지 마!"

새해를 국회에서 맞이한 그들은, 이 새벽에 총을 든 군인들이 국회를 침입할 거라고는 상상도 하지 못했다. 계엄군은 그들을 케이블 타이로 결박했다. 머리에 두건을 씌웠다. 건물 밖으로 끌어냈다. 그들은 군용 트럭에 실려 구금 시설로 이송됐다.

계엄군은 국회 주변 도로에 철제 바리케이드를 세웠다. 철조망도 쳤다. 경찰은 수십 대의 버스를 이용해 국회 일대에 차 벽을 쳤다. 국회 출입구마다 소총으로 무장한 계엄군이 삼엄한 경계를 섰다. 국회 곳곳에 경계 초소가 세워졌다. 1,000여 명의 병력이 장기간 머무를 수 있도록 야전 막사가 지어졌다.

그뿐만이 아니었다. 계엄군은 서울의 주요 대교와 간선도로의 진출입로에 콘크리트 차단벽을 설치했다. 기관총으로 무장된 경계 초소도 세웠다. 장갑차가 길을 막았고 군용 트럭도 길을 막았다. 그렇게 여의도로 향하는 주요 길목이 모두 차단되었다.

국회 점거 작전이 진행되는 동안, 국군방첩사령부 수사단과 수도방위사령부 군사경찰단 병력이 100여 명의 정치인들의 집으로 동시에 들이닥쳤다. 그들은 국회의장과 야당 지도부 의원들을 체포하여 수도방위사령부 지하 벙커에 구금했다. 집에 머물지 않아 위기를 모면했던 의원들도 다음 날 대부분 붙잡혀 들어갔다. 야당 의원뿐만이 아니었다. 여당 내에서도 대통령과 대립각을 세운 비주류 의원들과 비상계엄 선포 직후 공개적으로 반대 의사를 밝힌 의원들도 체포되었다.

계엄군은 국회를 점거하고 의원들을 구금함으로써 국회에서의 계엄령 해제 결의 시도를 원천적으로 차단해 버렸다.

일상의 붕괴

아침 공기가 차갑게 내려앉았다. 서울의 출근길은 여전히 분주했지만, 김현식의 눈에 비친 거리 풍경은 예전과는 완전히 달랐다. 불과 일주일 전까지만 해도 인도를 가득 메운 출근 인파가 서로를 스치며 바삐 걸었다. 버스 정류소마다 사람들이 길게 줄을 섰다. 도로 위에서는 경적과 엔진 소음이 뒤섞여 분주한 하루의 시작을 알렸다.

계엄령 선포 후 그 활기는 사라졌고 거리는 눈에 띄게 한산해졌다. 출근 인파는 예전의 절반에도 못 미치는 듯했다. 출근 시간마다 차량 행렬로 몸살을 앓던 도로의 정체도 사라졌다. 도로변에는 빈 택시가 줄지어 선 채 꼼짝도 하지 않았다. 버스는 승객을 듬성듬성 태운 채 한산한 도로를 엉금엉금 달렸다.

계엄사령부는 계엄령이 해제될 때까지 재택근무가 가능한 기업에 이를 의무적으로 시행하도록 명령했다. 그들은 사람들이 모이는 걸 바라지 않는 것 같았다. 대기업과 공기업 등 많은 기업이 출근 인원을 최소화했다. 중소기업도 재택근무를 확대해 나갔다. 더불어, 군사적 통제와 검문이 강화되면서 사람들은 이동을 자제했고 불필요한 외출을 삼갔다.

거리에 사람들이 줄어든 대신 무장한 군인들이 자리를 채웠다. 거리 곳곳에서 방탄모를 눌러쓴 군인들이 어깨에 소총을 멘 채 삼엄한 경계를 섰다. 장갑차와 군용 트럭이 차로 하나만 열어 둔 채 왕복 8차로 도로를 가로막고 있었다. 교차로 한복판에는 탱크 한 대가 일주일째 같은 자리에서 미동도 없이 서 있었다. 김현식은 군 복무 시절에도 탱크를 실물로 본 적이 없었다. 그러나 이제 도심에서 그 거대한 덩치를 매일 마주했다.

무겁게 내려앉은 하늘 아래 모든 것이 변하고 있었다. 김현식도 그 변화 속에 있었다. 그는 매서운 추위에 몸을 움츠리며 코트 깃을 세웠다. 그리고 발걸음을 재촉했다.

검문소 앞에 사람들이 3열로 줄을 서서 차례를 기다리고 있었다. 김현식은 줄 끝에 섰다.

검문소 천막에 걸린 현수막이 바람에 흔들렸다.

- 반국가 세력 척결을 위한 검문 강화.

붉고 굵은 글씨가 선명했다. 가까운 건물 벽에 설치된 대형 전광판에서 계엄사령부 대변인의 담화문 발표 영상이 재생되고 있었다. 대변인은 준엄한 표정으로 입술을 움직였다. 그 아래 떠 있는 자막.

- 국가 안보는 확고히 유지되고 있습니다. 국민 여러분의 적극적인 협조에 깊은 감사를 표합니다.

이어서 흐르는 또 다른 자막.

- 가짜 뉴스 및 허위 정보 유포자 강력 처벌.

김현식은 시선을 내리깔았다. 군사경찰 완장을 찬 군인들의 눈빛은 거칠었다. 시선을 마주치면 괜한 의심을 받을지도 몰랐다.

앞에서 줄이 점점 짧아지고 있었다. 군인들은 시민들의 신분증을 확인하며 짧게 무전을 주고받았다. 몇몇은 소지품 검사도 받았다.

두꺼운 패딩 위에 목도리를 두른 남자가 군인의 지시에 따라 가방을 열었다. 군인은 가방 속을 훑어보더니 고개를 끄덕였다. 남자는 입을 꾹 다물고 빠르게 검문소를 통과했다.

"다음."

긴 머리에 둥근 테 안경을 쓴 여자가 신분증을 내밀었다. 군인은 그것을 받아들고 무전기를 들었다. 잠시 후 군인은 신분증을 돌려주었다. 여자는 한숨을 내쉬고 도망치듯 자리를 떠났다.

그때 옆줄에서 작은 소란이 일었다. 허름한 코트를 걸친 중년 남자가 언성을 높였다.

"아니, 도대체 뭐가 문제입니까? 저는 그냥 출근하는 시민이라고요."

"절차상 추가 확인이 필요합니다. 잠깐이면 되니까 협조해 주십시오."

남자는 더 항의하려는 듯했지만, 뒤로 길게 줄을 선 사람들을 보더니 입을 다물었다. 군인들이 그를 군용 차량 쪽으로 안내했다.

"다음."

김현식은 신분증을 내밀었다. 군인은 그것을 받아들고 유심히 살펴보았다.

"김현식 씨, 본인 맞습니까?"

그의 시선이 김현식의 얼굴을 훑었다. 김현식은 침을 꿀꺽 삼키며 고개를 끄덕였다. 갑자기 심장이 두근거렸다. 지난 일주일 동안, 매일 서너 번 이상 검문소를 지났다. 본인이 맞느냐고 물은 건 이번이 처음이었다.

군인은 입을 무전기에 가까이 대고 김현식의 주민등록번호를 불러 주었다. 잠시 후 무전기에서 응답이 들려왔다. 주파수 잡음 때문에 무슨 말인지 알아들을 수는 없었다.

군인은 신분증을 돌려주었다.

"통과하십시오."

심장이 여전히 두근거렸다. 김현식은 태연한 척 몸을 돌려 검문소를 빠져나왔다.

그는 지하철역으로 향했다. 역 입구부터 개찰구를 지나 승강장까지 곳곳에 군인과 경찰이 배치되어 있었다.

승강장에는 사람들이 두세 명씩 줄을 지어 서 있었다. 벤치에 앉은 사람들은 몸을 웅크린 채 시선을 바닥에 두었다. 몇몇은 눈을 감은 채 미동도 없었다. 소총을 멘 군인 2명과 경찰 1명이 조를 이루어 순찰하고 있었다.

전동차가 도착하자 사람들은 조용히 객차에 올라탔다. 바쁘게 뛰어오르는 사람은 없었다. 빈자리를 차지하려고 서두르는 사람도 없었다. 마치 그런 광경이 애초에 존재하지 않앉던 것처럼.

출근 시간대였지만 객차 안은 빈자리가 보일 정도로 한산했다. 김현식은 분홍색 임산부석 앞에 섰다. 자리는 비어 있었다. 그는 손잡이를 잡았다.

전동차 문이 닫혔다. 잠시 후 옆 객차에서 군인 2명이 들어섰다. 김현식은 다음 정차역을 알리는 전광판을 보는 척하며 곁눈으로 그들을 살펴보았다. 군사경찰 완장을 찼고 허리춤에 권총이 매달려 있었다. 한 명은 하사, 다른 한 명은 중사 계급장을 달았다. 가슴에 달린 명찰은 검은색 테이프로 가려져 있었다.

통로를 따라 이동하던 군인들이 앞머리에 구르프를 감은 여자 앞에 멈춰 섰다. 하사가 여자에게 말했다.

"신분증 좀 보여 주시겠습니까?"

여자는 말없이 가방에서 신분증을 꺼냈다. 하사는 얼굴을 대조하는 듯 여자와 신분증을 번갈아 보았다.

"어디로 가십니까?"

"강남역이요. 출근하는 길이에요."

여자가 작은 목소리로 대답했다. 하사는 신분증을 돌려주며 고개를 끄덕였다.

그때 맞은편에 앉아 있던 젊은 남자가 큰 결심이라도 한 듯 말했다.

"시발, 언제까지 이렇게 살아야 하는 거야?"

하사가 고개를 돌려 그를 노려보았다. 남자는 움찔하며 시선을 피했다. 중사가 그의 앞으로 다가가 손을 내밀었다.

"신분증 좀 봅시다."

남자가 입을 꾹 다문 채 지갑에서 신분증을 꺼내 그에게 건넸다. 중사는 그것을 들여다보지도 않고 말했다.

"군 복무는 하셨습니까?"

"예, 해병대 다녀왔습니다."

중사는 잠시 그를 바라보다가 낮은 목소리로 말했다.

"불필요한 소란을 일으키지 마십시오. 우리도 좋아서 하는 일이 아닙니다."

남자는 한숨을 쉬며 고개를 끄덕였다. 군인들이 발걸음을 옮겼다. 곧 그들은 옆 객차로 빠져나갔다.

전동차가 덜컹거리며 다음 역에 멈춰 섰다. 문이 열리는 순간, 한 남자가 헐레벌떡 객차 안으로 뛰어들었다. 그는 숨을 몰아쉬며 몸을 던지듯 빈자리에 털썩 앉았다. 겁먹은 미어캣처럼 빠르게 두리번거리며 창밖을 살폈다. 남자의 요란한 행동에 승객들은 동시에 그를 쳐다보았지만, 이내 시선을 다른 곳으로 돌렸다.

홍 대리?

김현식은 남자를 알아보고 미소 지었다. 하여튼, 요란하다니까. 그는 김현식의 직장 동료였다. 김현식은 그에게 다가가려고 한 걸음을 뗐다가 멈칫했다.

전동차 문이 닫히려는 찰나, 군인 2명이 황급히 뛰어들었다. 객차 안은 단숨에 긴장감으로 가득 찼다. 군인들은 객실을 빠르게 둘러보더니, 홍 대리에게 다가갔다.

"왜 우리를 보고 도망친 겁니까?"

그중 한 명이 날카로운 목소리로 말했다.

"아… 그런 게 아닙니다."

홍 대리는 급히 손을 저었다.

"회사에 지각할까 봐 서둘렀을 뿐입니다."

군인들은 말없이 그를 바라보았다. 객차 안은 숨소리조차 들리지 않을 정도로 조용해졌다. 김현식은 자기도 모르게 손잡이를 꽉 잡았다. 손바닥에 금세 땀이 맺혔다. 가슴이 묘하게 답답해졌다.

"신분증 확인하겠습니다."

홍 대리가 고개를 끄덕이며 신분증을 꺼냈다. 군인 한 명이 신분증을 받아들었다. 다른 한 명은 신분증을 보며 휴대용 단말기에 뭔가를 입력했다. 홍 대리는 손에 든 가방을 단단히 움켜쥔 채 창백하게 질려 있었다.

잠시 후 군인은 신분증을 그에게 돌려주었다. 김현식은 가슴을 쓸어내렸다. 다행히 아무 일도 없는 것 같았다.

그러나 그때였다.

"저희와 동행해 주셔야겠습니다."

홍 대리는 입술을 달싹였다. 그의 목울대가 크게 한 번 움직였다. 뭔가를 말하려다 삼킨 것처럼.

순간, 김현식과 홍 대리의 눈이 마주쳤다. 그의 눈빛은 절박해 보였다. 김현식은 그의 호흡이 가빠지는 걸 느꼈다.

군인들은 홍 대리를 자리에서 일으켜 세웠다. 그는 저항하지 않았다. 전동차가 다음 역에서 멈추자, 군인들은 그를 조용히 객차 밖으로 데리고 나갔다.

전동차가 다시 출발했다. 그제야 승객들은 숨을 내쉬었다. 김현식도 고인 숨을 토해 냈다. 창밖으로 홍 대리의 뒷모습이 멀어져 갔다.

***

사무실은 조용했다. 예전 같았으면, 업무 시작 전에 가벼운 잡담이 오갔을 것이다. 지금은 아무도 입을 열지 않았다. 직원 3분의 1이 재택근무 중이라서 사무실은 더욱 썰렁했다.

김현식은 자리에 앉아 PC를 켰다. 사내 메신저 창이 자동으로 열렸다. 이어서 팝업창이 떴다.

〈긴급 공지〉
최근 사내 감사에서 업무와 관련 없는 정치적 논의 및 허위 정보 유포 행위가 적발되었습니다. 우리 회사는 정부 사업과 긴밀히 연계된 프로젝트를 다수 진행하고 있습니다. 모든 직원은 언행에 더욱 신중을 기해 주시기를 바랍니다.

출근 시간이 30분이나 지났지만 홍 대리가 모습을 보이지 않자, 강 팀장이 자리에서 일어나 두리번거렸다.

"홍 대리한테 연락받은 사람 있어?"

직원들은 고개를 들고 서로를 멀뚱히 바라보기만 했다.

김현식은 군인에게 끌려가던 홍 대리의 눈빛을 떠올렸다. 그는 강 팀장을 바라보았다. 입이 떨어지지 않았다. 지금 이 자리에서 그 일을 말해도 되는 걸까? 망설이던 그는 결국 말없이 시선을 다시 모니터로 돌렸다.

강 팀장은 홍 대리에게 전화를 걸었다.

"전화도 안 받아…."

그는 인상을 찌푸렸다.

"오늘도 늦는 거 아닐까요?"

한 직원이 작은 소리로 말했다. 홍 대리는 평소에도 종종 지각을 했으므로 대수롭지 않게 여기는 분위기였다.

김현식은 업무에 집중하기 어려웠다. 머릿속에서 자꾸만 홍 대리가 떠올랐다.

왜 군사경찰에게 잡혀갔을까?

문득, 며칠 전 홍 대리가 메신저에서 했던 말이 떠올랐다. 대통령이 비상계엄을 선포한 이유가 사실은… 영부인 어쩌고, 하는 내용이었다. 평소 그는 음모론 같은 이야기를 즐겨 했다. 대부분 허무맹랑한 소리였다. 김현식은 그의 메시지를 제대로 읽어 보지도 않았다.

김현식은 메신저 창을 다시 열었다. 홍 대리가 보낸 메시지를 읽어 보려다 한동안 대화방 목록만 멍하니 쳐다보았다. 홍 대리의 대화방이 사라졌다. 그뿐만 아니라 친구 목록에 홍 대리가 없었다. 마치 처음부터 존재하지 않았던 사람처럼. 혹시나 하는 마음에 김현식은 메신저 검색창에 홍 대리의 이름을 입력했다.

그때였다. 사무실 문이 세차게 열렸다. 검은색 정장 차림의 감사팀 직원 3명이 거침없이 사무실로 들어왔다. 갑작스러운 그들의 등장에 사무실 전체가 얼어붙었다. 그들은 사무실 직원들을 투명 인간 취급하듯, 인사는커녕 용무조차 밝히지 않았다.

감사팀장은 주위를 둘러보았다. 파티션에 붙은 홍 대리의 명패를 손으로 가리켰다. 감사팀 직원들이 그의 책상을 뒤지기 시작했다. 한 직원이 홍 대리의 PC를 켜고 키보드를 빠르게 두드렸다. 서류함이 뒤집혔다. 서랍 안의 물건들이 책상 위로 쏟아졌다. 김현식은 숨을 삼켰다.

감사팀장이 책상을 훑어보더니 말했다.

"전부 쓸어 담아."

그들은 홍 대리의 책상을 깨끗이 정리했다. PC, 외장하드, USB, 서류철, 명함철 등. 책꽂이 모서리에 붙어 있던 메모지 한 장까지 박스에 던져 넣었다. 이제 홍 대리가 이곳에 있었던 흔적은 어디에서도 찾아볼 수 없었다.

그들이 떠난 후 사무실은 한동안 침묵 속에 갇혀 있었다. 아무도 입을 열지 않았다. 전화벨이 울렸지만 아무도 받지 않았다. 밖에서 찰각, 사무실 문이 열리는 소리가 들려왔다. 그 작은 소리에도 사람들은 움찔했다.

※※※

 퇴근 후 김현식은 곧장 집으로 가지 않고 동네 마트로 향했다. 갓난아기를 돌봐야 하는 아내 대신 퇴근길에 장을 보는 일이 잦았다. 마트는 비교적 한산했다. 그런데 계산대 앞은 유독 붐볐다.

 매대 곳곳에 구매 제한 안내문이 붙어 있었다.

 - 일부 생필품 구매 제한: 1인당 제한 수량 초과 시 구매 불가. 신분증을 제시하지 않으면 구매할 수 없습니다.

 어제까지는 없던 안내문이었다. 계엄령으로 물류 유통이 원활하지 않은 데다가 사재기 현상까지 일어나 생필품 가격이 급등했다, 정부는 물가 안정과 생필품의 안정적 공급을 위해 구매 수량을 제한한다, 일부 품목은 수급 상황에 따라 추가 제한이 이루어질 수도 있다, 등의 내용이 깨알 같은 글씨로 적혀 있었다.

 김현식은 카트를 밀며 선반 사이를 걸었다. 쌀, 라면, 통조림, 생수 등 몇몇 제품들은 이미 동이 난 상태였다. 그는 필요한 물건을 담은 후 계산대로 향했다.

 투피스 정장을 입은 중년 여자가 계산대 직원과 실랑이를 벌이고 있었다.

"아니, 우리 집은 식구가 넷인데 고작 이걸로 어떻게 일주일을 버티라는 거예요?"

"죄송합니다. 정부 방침상 어쩔 수 없습니다."

직원이 갈라지고 쉰 목소리로 말했다. 같은 말을 수백 번은 반복했을 것이었다.

"그래서 남편 신분증도 가져왔잖아요."

"가족이라도 대리 구매는 안 됩니다. 본인이 신분증을 갖고 직접 오셔야 해요."

"남편이 일 때문에 올 형편이 안 된다니까요."

"죄송합니다. 다른 방법은 없습니다."

여자는 한숨을 크게 내쉬며 마트를 떠났다.

김현식의 차례가 왔다. 직원이 말했다.

"신분증 부탁드립니다."

그는 말없이 신분증을 건넸다. 직원은 신분증을 보며 키보드를 두드렸다. 생필품 구매 내역을 전산으로 조회하는 것 같았다. 잠시 후 직원은 고개를 끄덕이며 계산을 진행했다.

신분증을 돌려받는 순간, 김현식은 깨달았다. 방금 자신이 아무런 저항 없이 신분증을 내밀었다는 사실을. 불과 일주일 전까지만 해도 지갑에서 신분증을 꺼낼 일이 거의 없었다. 그러나 이제는 너무나 당연한 일상이 되어 버렸다.

그는 무심코 주변을 둘러보았다. 사람들은 손에 신분증을 들고 묵묵히 차례를 기다리고 있었다. 마치 오래전부터 그래 왔다는 듯이….

김현식은 짐을 들고 집으로 향했다. 전자제품 대리점 입구에 설치된 대형 TV 앞에서 걸음을 멈췄다. 저녁 8시 뉴스가 한창이었다.

장민호가 또 뭔가를 발표하고 있었다. 그는 계엄사령부 대변인으로, 최근 뉴스에 가장 자주 등장하는 인물이었다. 그가 특유의 냉정한 듯 차분한 목소리로 말했다.

"국가 안보는 안정적으로 유지되고 있습니다."

아래로 자막이 흘렀다.

- 허위 정보 유포 및 사회 불안 조성 행위 강력 처벌.

"국가 안정을 위해 협조해 주시는 국민 여러분 감사합니다. 정부는 반국가 세력의 활동을 조기에 차단하기 위해 검문과 단속을 더욱 강화할 것입니다. 이는 국민의 안전을 최우선으로 고려한 조치이며, 사회 혼란을 예방하기 위한 필수적인 절차입니다. 이에 협조하지 않는 경우 엄중한 처벌이 따를 것입니다."

김현식은 침을 꿀꺽 삼켰다.

반국가 세력… 사회 혼란… 엄중한 처벌….

어제까지만 해도 나와 관계없는 일들로 생각했다.

그러나….

홍 대리가 떠올랐다. 그도 평범한 회사원이었다.

그리고….

어쩌면 다음 차례는, 나일지도 모른다는 생각이 들었다.

국민은 개, 돼지

국방부 청사 지하 벙커, 계엄사령부 전략 회의실. 테이블 한편에 계엄사령부 수뇌부 장군 5명이 전투복 차림으로 앉아 있었다. 다른 한편에는 국가정보원 고위 간부 3명이 말끔한 정장 차림으로 앉아 있었다. 국방부장관은 상석에 자리했다.

그들은 서로 학연과 지연으로 얽혀 있었다. 대부분 육군사관학교 출신이었다. 오랜 세월, 군에서 계급의 사다리를 함께 올라온 그들에게 명령은 곧 법이었다. 충성은 곧 생존이었다. 철저한 상명하복의 질서 속에서 만들어진 서로에 대한 신뢰와 공동체적 이해관계는 그들을 한 몸으로 단단히 묶어 두고 있었다.

장민호가 자리에서 일어났다. 현역 육군 소장인 그는 국군정보사령부에서 심리전과 정보작전을 수행했다. 국방부장관과 같은 고향 출신으로, 두 사람은 중학교 시절부터 현재까지 친형제보다 더 가까운 관계를 유지해 왔다. 계엄령 선포 후 장민호는 계엄사령부 대변인 겸 홍보국장으로 임명되었다. 그의 주된 임무는 여론 공작이었다.

장민호가 차분한 목소리로 말했다.

"최근 여론 동향과 언론 보도지침 개편안에 대한 보고를 시작하겠습니다."

국방부장관이 등을 곧게 펴고 팔짱을 꼈다. 계엄사령관이 자세를 고쳐 앉았다. 국가정보원장은 안경을 손수건으로 닦은 뒤 다시 썼다. 회의실 안의 모든 시선이 장민호를 향했다.

장민호가 빔프로젝터 리모컨을 눌렀다. 한쪽 벽면에 설치된 스크린에 지난 한 달간의 온라인 여론 동향 분석 자료가 떴다.

"대통령 각하께서 비상계엄을 선포한 직후에는 여론의 반발이 거셌습니다. 하지만 일주일이 지나면서 비판적 발언과 시위가 감소세로 돌아서더니, 3주가 지나고부터는 계엄사령부와 정부를 비판하는 게시물이 80% 이상 감소했습니다. 반정부 시위는 사실상 자취를 감췄습니다. 현재까지 이러한 상황이 유지되고 있습니다."

"계엄에 대한 국민의 관심이 줄어든 건가, 아니면 스스로 입을 닫고 있는 건가?"

국방부장관이 묻자 장민호는 슬라이드를 넘겼다. 삭제된 게시물과 동영상 목록, 그리고 폐쇄된 SNS 계정 목록이 스크린을 빼곡히 채웠다.

"국민들은 자기 검열을 하고 있습니다. 반정부 게시물 작성자들과 동영상 유포자들을 대대적으로 체포해 계엄법에 따라 처벌했습니다. 그 뒤로는 스스로 위험을 피하는 경향이 뚜렷해졌습니다. 계엄령 해제 시위와 대통령 탄핵 시위를 주도했던 반국가 세력 역시, 본보기를 보이기 위해 포고령 위반으로 구속한 뒤 군사법정에 세워 처단했습니다."

국방부장관이 미소를 지었다.

"공포가 효과를 제대로 발휘하고 있군."

"물론 그것만이 전부는 아니었습니다. 포털 사이트의 검색 알고리즘을 조정한 것도 상당한 효과를 발휘했습니다. 계엄에 대한 부정적 키워드는 검색에서 노출을 막았고, 계엄 반대 게시물을 철저히 필터링해 삭제하거나 확산을 차단했습니다. 결과적으로 긍정적인 보도 자료와 게시물이 상위를 점령했습니다. 그리고 50만 이상 팔로워를 보유한 인플루언서들을 활용해 비상계엄이 국가 안정을 위한 불가피한 조치였고, 대통령 고도의 통치 행위라는 점을 강조했습니다. 그 외에도 경제 전문가와 안보 분석가, 스타급 연예인을 동원해 동일한 메시지를 반복적으로 노출시켰습니다. 이러한 노력의 결과로 계엄에 대한 국민적 수용도가 눈에 띄게 향상되었습니다."

눈을 가늘게 뜨고 스크린을 유심히 바라보던 계엄사령관이 말했다.

"이런 흐름이 계속될 거라고 보는가?"

장민호는 다음 슬라이드를 띄웠다. 주요 반국가 세력 인물의 동향과 체포 현황이 나타났다.

"솔직히 말씀드리면, 국민들이 스스로 계엄 체제에 순응한다고 보기는 아직 어렵습니다. 강제력이 없다면 언제든 불안 요소가 다시 점화될 가능성이 있습니다. 현재의 질서를 유지하려면 보다 강력한 통제와 처벌이 뒤따라야 합니다."

국군정보사령관이 신중한 표정으로 말했다.

"너무 강압적으로 밀어붙이다 보면 오히려 반발이 커질 수 있을 텐데…."

계엄사령관이 국군정보사령관에게 시선을 돌렸다.

"우리가 너무 강하게 나가고 있다는 뜻인가?"

"강경 기조가 문제라는 게 아닙니다. 다만, 국민들이 계엄사령부와 정부를 두려워하기보다는 우리를 신뢰할 수 있도록 방향을 점차 조정할 필요가 있다는 점을 말씀드린 겁니다."

국방부장관이 둘의 대화에 끼어들었다.

"국민 대부분은 개, 돼지 같은 존재들이야. 목줄을 풀어주면 주인을 물거나 울타리 밖으로 뛰쳐나가려 한다고."

그들의 대화를 지켜보던 장민호가 절충안을 제시했다.

"그렇다면 강경 기조를 유지하되, 반발을 최소화할 수 있는 방향으로 여론 작전을 보완하도록 하겠습니다."

장민호는 여론 동향 보고를 이어갔다.

그의 보고가 끝나자 국방부장관이 참석자들을 둘러보며 말했다.

"다른 특이 동향은?"

국가정보원 정보국장이 손을 들었다.

"주요 대기업과 공기업의 사내 메신저와 이메일을 감찰하는 과정에서, 일부 직원들이 계엄 반대, 계엄 해제, 대통령 탄핵 등에 대한 의견을 주고받은 사실을 확인했습니다."

국방부장관이 눈썹을 찌푸렸다.

"그런 놈들이 몇이나 되는데?"

"현재로서는 소수에 불과합니다. 문제는, 단순한 의견 교환을 넘어 조직적인 움직임이 나타나고 있습니다. 몇몇 직원들은 사내에서 여론을 조성했고, 그중 일부는 야당 의원들과 접촉해 불순한 정보를 주고받은 정황도 포착했습니다. 방치하면 더 확산될 가능성이 높습니다."

계엄사령관이 한심하다는 듯 혀를 찼다. 그가 말했다.

"대응 방안은?"

국가정보원 정보국장이 대답했다.

"기업 내부 감찰을 강화하고 특정 키워드를 포함한 메신저 대화를 우선 검열 대상에 추가했습니다. 각 기업의 네트워크 보안 수준을 한층 더 높이고, 불순한 움직임을 사전에 차단할 수 있도록 검열 체계를 정비할 계획입니다."

장민호가 의견을 덧붙였다.

"불순한 사상을 퍼뜨리는 직원들을 신고하도록 장려하는 포상제 도입을 함께 검토할 필요가 있습니다. 그리고 직원들이 정부 정책을 올바르게 이해할 수 있도록 사내 안보 교육도 강화해야 합니다."

국가정보원 정보국장이 고개를 끄덕이며 그의 말을 수첩에 받아 적었다.

국방부장관이 팔짱을 풀고 말했다.

"방첩사령관."

"예, 장관님."

"오늘 당장 대기업과 공기업 대표들 소집해서 직원들 단속을 강화할 수 있도록 철저히 교육해."

"예, 알겠습니다."

여론 동향 보고에 이어 장민호는 언론 보도지침 개편안에 대해 보고했다. 그들은 계엄 체제를 확고히 하기 위해 언론을 어떻게 이용할 것인지 논의했다. 보다 효과적인 언론 통제 방안에 대해서도 논의가 이어졌다.

회의가 모두 끝나자 국방부장관이 손을 들어 가볍게 박수를 쳤다.

"좋아. 다들 조금만 더 고생하자고. 머지않아 완벽한 우리 세상이 될 테니까."

모두가 고개를 끄덕이며 박수를 쳤다.

***

국방부 청사, 계엄사령부 홍보국 회의실. 출입문 위에 굵은 고딕체로 인쇄된 현수막이 걸려 있었다.

– 언론이 바로 서야 국가도 바로 선다.

소집된 언론인들이 하나둘 현수막 아래를 통과해 회의실로 들어섰다.

타원형 테이블 상석에 앉은 장민호가 팔짱을 낀 채 참석자들을 둘러보았다. 방송국 보도국장과 신문사 편집국장 등 언론인 15명이 정돈된 자세로 앉아 있었다. 그들은 장민호와 눈을 마주치지 않으려는 듯, 하나같이 시선을 아래로 떨구고 개편된 보도지침 문건을 뒤적였다.

장민호가 발표대 뒤에 선 보좌관을 향해 고개를 끄덕였다.

"회의 시작하겠습니다."

보좌관이 말했다. 곧 회의실 출입문이 닫혔다. 허리춤에 권총을 찬 육군 대위 2명이 열중쉬어 자세로 문 앞에 섰다. 언론인들 모두 자세를 고쳐 앉았다. 그리고 테이블 상석으로 시선을 모았다.

장민호가 자리에서 일어나 185센티미터 높이에서 언론인들을 내려다보았다.

"국가를 위해 헌신하는 언론인 여러분께 진심으로 경의를 표합니다."

그는 가볍게 목례한 뒤 말을 이었다.

"머지않아 여러분의 헌신에 상응하는 보상이 주어질 거라는 점을 분명히 약속드리겠습니다."

장민호가 다시 자리에 앉았다. 보좌관이 빔프로젝터 리모컨을 눌렀다. 한쪽 벽면에 설치된 스크린에 지난 한 달간의 뉴스 보도 분석 자료가 떴다. 장민호가 말했다.

"오늘 회의의 목적은 간단합니다. 국민에게 '안정'과 '협력'의 중요성을 더욱 효과적으로 각인시키기 위해 보도 방향을 조정할 것입니다."

슬라이드가 넘어갔다. 스크린에 제목이 떴다.

- 보도지침 개편안.

그 아래에 '안정', '협력', '질서', '희망' 같은 키워드가 붉은색으로 강조되어 있었다. 반면에 '불안', '침묵', '탄핵', '저항' 등의 키워드 위에는 굵은 X자가 그어져 있었다.

장민호가 과장된 손짓으로 스크린을 가리키며 말을 이었다.

"지금 이 순간부터 언론 보도는 '안정'과 '협력'을 핵심 가치로 삼아야 합니다. 그리고 갈등과 불안을 조장할 수 있는 표현은 지양해야 합니다."

슬라이드가 넘어갔다. 특정 언론사의 기사가 스크린을 채웠다.

- 계엄령으로 변화된 일상, 국민들은 적응 중인가, 불안 속 침묵인가.

"앞으로는 헤드라인을 이런 식으로 뽑으면 안 됩니다. 적응, 불안, 침묵 같은 키워드는 모두 부정적인 표현 아닙니까?"

잠시 후 새로운 헤드라인이 떠올랐다.

- 계엄령으로 안정된 일상, 국민들은 협력하며 희망을 찾는다.

"이런 식으로 헤드라인을 구성해야 합니다. 쉽게 말해서 계엄령 선포 후 더 나은 대한민국으로 변해 가고 있다, 따라서 국민은 계엄사령부와 정부에 더욱 협력해야 한다, 라는 메시지를 담고 있어야 한다는 뜻입니다."

슬라이드가 바뀌며, 새로운 제목이 떴다.

- 보도지침 세부 실행 방안.

"기존 보도지침의 핵심은 계엄사령부와 정부에 대한 부정적인 보도를 금지하는 것이었습니다. 물론 그것은 여전히 유효합니다. 다만, 앞으로는 국민들이 계엄 체제를 긍정적으로 인식하고 자발적으로 국가에 협력하도록 유도해야 합니다."

장민호는 레이저포인터로 첫 번째 항목을 가리켰다.

- 뉴스 보도의 프레임 통일.

"오늘부터 모든 뉴스는 비상계엄 선포 이후의 긍정적인 변화를 강조하는 방향으로 보도해야 합니다. 예를 들어 '계엄령으로 범죄율 감소', '안전한 밤거리 조성으로 시민들의 불안 해소', '생필품 수급 안정' 등… 이처럼 긍정적인 사례를 반복해서 보도하십시오. 또한 국민들의 협조와 긍정적인 반응을 부각하기 위해 회사원, 주부, 자영업자 등 시민 인터뷰 영상과 기사를 한 꼭지 이상 반드시 보도해야 합니다. 통계, 보고서, 인터뷰 대본 등 보도에 필요한 자료를 계엄사령부에서 매일 아침 여러분께 직접 제공할 것입니다. 각 언론사는 이를 바탕으로 통일된 메시지를 뉴스에 담아야 합니다."

장민호가 두 번째 항목을 가리켰다.

- 반국가 세력의 사회적 고립화 유도.

"다음으로, 반국가 세력에 대한 비판 보도를 한층 더 강화해야 합니다. 그럼으로써 그들은 물론 그들에게 협조하는 자들 역시 대한민국 사회에서 정상적인 삶을 영위할 수 없다는 인식을 국민 개개인에게 확실히 심어 줘야 합니다. 단, 반국가 세력이 탄압받는다고 느끼게 해서는 안 됩니다. 그렇게 되면 그들에 대해 동정 여론이 형성될 수 있고, 계엄사령부와 정부에 대한 반감으로 이어질 수 있습니다. 그들의 행위를 '공공의 안녕을 해치는 무책임한 행동'으로 규정하고, 사회에서 퇴출당해야 한다는 여론이 형성될 수 있도록 보도하라는 말입니다. 모두 이해하셨습니까?"

언론인들은 말없이 고개를 끄덕였다. 그들에게 선택지는 없었다. 계엄정부에 저항했던 동료 언론인들이 어떤 운명을 맞이했는지, 그들 모두가 알고 있었다. 반국가 세력으로 낙인찍혀 계엄군에게 끌려갔다. 군사법정에 섰고 교화소나 교도소에 수감되었다. 그중 일부는 생사가 확인되지 않고 있었다. 언론인들이 자신과 가족의 안전을 지키려면 벙어리, 귀머거리가 되는 수밖에 없었다.

장민호는 개편된 보도지침의 세부 사항에 대해 장시간 설명을 이어갔다. 언론인들에게 의견을 묻는 과정은 없었다. 질문을 받는 과정도 없었다. 회의는 회의가 아니었다. 계엄사령부의 지침을 일방적으로 전달하는 자리일 뿐이었다.

끝으로 장민호가 말했다.

"오늘부터 모든 언론사는 개편된 보도지침을 준수해야 합니다. 그렇게 하지 않을 경우 반드시 책임을 물을 것입니다. 그 책임은 여러분이 상상하는 것 이상일 것입니다. 모두 이해하셨습니까?"

언론인들은 그의 눈을 피하며 고개를 끄덕였다.

"좋습니다. 오늘 회의는 이것으로 마치겠습니다. 수고들 많이 하셨습니다."

육군 대위 2명이 회의실 문을 양쪽으로 활짝 열었다. 언론인들은 침묵 속에서 하나둘 자리에서 일어났다.

문밖에는 소총으로 무장한 군인들이 복도 양편으로 도열

해 있었다. 그들은 엘리베이터까지 이어지는 인간 통행로를 만들었다. 언론인들이 가야 할 길은 이미 정해져 있었다.

***

KBX 방송국. 뉴스 스튜디오는 긴장감으로 가득 차 있었다. 이번 대국민 담화는 생방송으로 진행되는 만큼, 모두가 실수 없이 각자의 역할을 완벽히 수행해야 했다.

카메라가 천천히 줌을 당기며 장민호의 얼굴을 잡았다. 단정한 감색 정장, 깔끔하게 매듭 지어진 넥타이, 흔들림 없는 표정. 그는 테이블 위의 원고를 정리한 뒤, 숨을 깊이 들이마셨다.

영상 감독과 조명 감독이 장비를 조정했다. 촬영 스태프들이 동작 하나하나를 조심스럽게 맞춰 보았다. 조정실에서는 책임 PD와 메인 작가가 모니터를 바라보며 마지막 큐 타이밍을 기다렸다.

카메라 뒤편에는 계엄사령부 홍보국 장교들이 무표정한 얼굴로 서 있었다. 그들은 제작진과 협의하며 송출 방식 등을 조율했다.

조정실 스피커에서 신호음이 짧게 울렸다. 이어서 PD가

카운트다운을 시작했다.

"3… 2… 1… 생방송 시작합니다."

저녁 8시 정각, 장민호가 정확하고 또렷한 발음으로 담화문의 첫 문장을 읽었다.

"국민 여러분, 비상계엄이 선포된 지 한 달이 지났습니다."

그는 프롬프터의 글자를 따라가며 발표를 이어갔다.

"계엄령 시행으로 다소 불편하게 느끼셨던 국민 여러분의 일상은 점차 정상화되고 있습니다. 학교와 공공기관의 운영이 대부분 정상화되었고, 불법 시위로 인해 마비되었던 주요 교통망도 이제 정상적으로 운영되고 있습니다. 일시적으로 흔들렸던 국가 경제는 회복세를 보이고 있습니다. 기업들의 생산성이 증가하고 있으며, 금융 시장도 안정을 되찾아 가고 있습니다. 이 모든 것은 국민 여러분의 협력과 희생 덕분입니다. 그러나 아직 우리 앞에는 해결해야 할 과제가 남아 있습니다. 반국가 세력이 여전히 활개하고 있습니다. 그들은 국가 안정을 위협하고 있습니다. 또한 국민 여러분의 평온한 일상을 흔들고 있습니다. 계엄사령부와 정부는 국가와 국민을 위협하는 그 어떠한 행위도 용납하지 않을 것입니다. 국민 여러분의 안전을 위해 반국가 세력에 대한 처벌을 한층 더 강화할 것입니다. 법과 질서를 바로 세울 것입니다. 국민 여러분은 계엄사령부와 정부를 믿고 계속해서 협력해 주시기를 당부드립니다. 비상계엄은 국가와 국민을 위한 불가피한 선택이었다는 점을 다시 한 번 말씀드립니다. 국민 여러분이 국가에 협력하는 것이 곧 여러분의 안전을 보장하는 유일한 길입니다."

마지막 부분에 이르자, 장민호가 목소리 톤을 높였다.

"계엄사령부와 정부는 국민 여러분과 함께 자유대한민국을 수호할 것입니다."

***

서울의 한 편의점. 윤혜린은 유통 기한이 임박한 즉석 도시락으로 늦은 저녁을 먹었다. 편의점 계산대 뒤에 앉아 조그만 TV를 멍하니 바라보았다. 뉴스에서 계엄사령부 대변인이 대국민 담화를 발표하고 있었다.

"국민 여러분, 비상계엄이 선포된 지 한 달이…."

띠링!

트레이닝복을 입은 남자가 들어왔다. 담배를 달라고 했다. 술 냄새와 고기 냄새가 확 풍겼다. 윤혜린은 자기도 모르게 미간을 찌푸렸다. 그의 시선이 TV를 향했다.

"반국가 세력이 여전히… 국가 안정을 위협하고…."

윤혜린은 선반에서 담배를 꺼내 바코드를 찍었다. 남자는 시선을 TV에 고정한 채 신용카드를 단말기에 꽂았다.

"계엄사령부와 정부는 국가와 국민을 위협하는…."

계산을 끝냈지만 남자가 떠나지 않고 계속 TV를 보았다.

"비상계엄은 국가와 국민을 위한 불가피한…."

남자는 혀가 잔뜩 꼬인 목소리로 중얼거렸다.

"시발놈들, 맨날 똑같은 소리만 하고 자빠졌네."

남자가 윤혜린을 쳐다보았다. 동의를 구하는 듯한 눈빛이었다. 그녀는 시선을 피했다.

손님과 불필요한 대화 금지. 그녀의 근무 원칙 1번이었다. 손님과 대화하다 보면 시비를 걸고 진상을 부리는 경우가 왕왕 생겼다. 꼭 그런 이유가 아니어도 계엄령이 선포된 뒤로는 어디서든 말조심을 해야 했다. 불필요한 말 한마디가 위험을 초래할 수 있었다.

계엄사령부 대변인의 발표가 끝나자, 화면이 바뀌고 뉴스 앵커가 등장했다.

"정부는 계엄령을 조만간 해제할 가능성이 있다고 밝혔습니다. 다만 구체적인 일정은 공개하지 않았습니다."

"저걸 믿으라고?"

트레이닝복이 또 중얼거렸다.

매장 밖에서 담배에 불을 붙이는 그의 뒷모습을 바라보며 윤혜린은 생각했다. 술에 취하지 않았다면 저런 소리를 함부로 하지 않았겠지….

그녀는 다시 TV로 시선을 돌렸다. 시민들이 검문소 앞에 길게 줄을 선 모습이 나왔다.

어쩌다 이런 세상이 되어 버린 걸까?

가만히 있으라

간간이 돌아가는 냉장고 모터 소음이 매장의 적막을 깼다. 윤혜린은 어깨를 펴고 고개를 한 바퀴 돌렸다. 두 손으로 피곤한 눈을 주물렀다. 밖을 내다보았다. 주변 상점들은 대부분 셔터를 내렸거나 불이 꺼져 있었다. 멀리 보이는 검문소에서 군인들이 버스에 올라타 승객들을 검문하고 있었다. 가로등 불빛 아래 군용 지프가 느릿느릿 순찰을 돌았다.

거리에는 군인들뿐이었다. 간혹 보이는 시민들은 빠른 걸음으로 어딘가를 향했다.

"후~."

윤혜린은 긴 한숨을 내쉬었다.

언제까지 이렇게 무기력하게 시간을 보내야 하는 걸까?

대학 졸업 후 취업이 어려워 시작한 편의점 아르바이트. 이제 막 1년이 지났다. 예전에는 심야 시간에도 손님들이 꾸준히 드나들었다. 그러나 계엄령이 선포된 뒤로는 밤 9시만 넘으면 손님의 발길이 뚝, 끊겼다.

포고령 제2호에 따른 심야 통행금지 조치로 밤 11시 이후 외출이 금지되었다. 사람들은 해가 떨어지면 서둘러 귀가했다. 야간 통행 허가증을 소지한 사람이나 응급 환자가 아니라면, 해가 떨어진 뒤 거리를 돌아다니는 것 자체가 위험한 일이었다.

편의점 계산대와 출입문에 안내문이 붙어 있었다.

- 계엄령에 따른 편의점 영업시간 제한: 오후 10시 이후 영업 금지. 위반 시 강력 처벌.

윤혜린은 시계를 보았다. 9시 20분. 마감까지 40분 남았다. 그녀는 마감 정리를 시작했다. 제품이 올바르게 진열되어 있는지 확인했다. 빈 선반을 채웠다. 유통기한이 임박한 제품을 분류했다. 냉장고 문을 닦았다. 매장 바닥도 쓸고 닦았다. 매출 정산도 마쳤다.

9시 50분. 이제 마감까지 10분밖에 남지 않았다.

띠링!

그때 매장 문이 거칠게 열렸다. 검은색 패딩을 입고 후드를 깊게 눌러쓴 여자가 빠른 걸음으로 들어왔다. 그녀는 매장 안을 두리번거렸다. 어깨를 미세하게 들썩이며 가쁜 숨을 몰아쉬었다.

예사롭지 않은 여자의 모습에 윤혜린은 바짝 긴장했다. 애써 태연한 척 말했다.

"어서 오세요."

여자는 대꾸도 없이 매장 안쪽으로 향했다. 선반과 선반 사이에 서더니, 매장 밖에 시선을 두고 두리번거렸다.

잠시 후 여자는 컵라면과 생수병을 집어 들고 계산대로 다가왔다. 윤혜린은 후드 속 얼굴을 살폈다. 한눈에 봐도 어린 친구였다. 그녀의 시선은 계속해서 매장 밖을 향했다. 눈빛이 날카롭고 초조해 보였다.

"이거… 계산해 주세요."

여자의 목소리가 떨렸다. 윤혜린이 바코드를 찍는 동안 그녀가 주머니에서 지갑을 꺼냈다.

그때 매장 바깥에서 강한 불빛이 뿜어져 들어왔다. 윤혜린은 고개를 돌렸다. 군용 지프 한 대가 편의점 앞에 멈춰 섰다. 곧 군인 2명이 차에서 내렸다. 순간, 여자가 재빨리 몸을 숙이더니 매장 안쪽으로 달렸다. 그녀는 가장 큰 선반 뒤쪽, 빼곡하게 물건이 쌓여 있는 틈으로 몸을 밀어 넣었다. 컵라면 상자 한 개가 떨어지며 쿵 소리를 냈다. 윤혜린의 심장도 쿵, 내려앉았다.

도망자? 아님 수배자인가? 어떻게 해야 하지?

군인들은 대개 2인 1조로 움직였다. 야간 순찰 중에 매장 안을 확인하고 가는 일이 종종 있었다. 그러나 지금은 평소와 느낌이 전혀 달랐다.

윤혜린은 선반 뒤쪽을 흘끗 보았다. 여자는 온몸을 웅크린 채 선반 아래 그림자 속에 숨어 있었다. 숨소리가 새어 나가지 못하게 하려는 듯, 두 손으로 입을 틀어막고 있었다.

띠링!

곧 문이 열렸다. 윤혜린은 계산대 위에 놓인 컵라면과 생수병을 보고 화들짝 놀랐다. 계산대 밑으로 재빨리 숨겼다.

군인들이 매장 안으로 들어섰다. 군사경찰 완장을 찼고 허리춤에 권총이 매달려 있었다. 윤혜린은 등을 곧게 펴고 계산대 뒤에 바짝 섰다. 가슴이 쿵쿵거리기 시작했다.

그중 키가 큰 군인이 계산대 앞에 서서 매장을 둘러보았다. 다른 한 명은 선반 사이를 걸으며 시선을 이곳저곳으로 옮겼다. 군화가 바닥을 긁는 소리가 귀에 상당히 거슬렸다. 계산대 앞에 선 군인이 매서운 표정으로 말했다.

"여기 직원 맞습니까?"

"네?…네."

윤혜린은 그의 눈을 피하며 대답했다.

"혼자 계십니까?"

"…네."

"신분증을 좀 확인하겠습니다."

내 신분증은 왜? 윤혜린은 당황했지만 이내 계산대 밑으로 손을 뻗어 지갑을 꺼냈다. 신분증을 건네는 그녀의 손끝이 떨렸다.

군인은 그것을 받아들고 휴대용 단말기에 뭔가를 입력했다. 곧 단말기에서 짧은 신호음이 울렸다. 그가 신분증을 돌려주며 말했다.

"수상한 여자가 들어오지 않았습니까?"

윤혜린의 심장이 다시 쿵, 내려앉았다.

숨겨 줘야 해!

아니야, 신고해야 해!

감정과 이성이 머릿속에서 충돌했다. 윤혜린은 무의식적으로 시선을 선반 뒤쪽으로 돌릴 뻔했다. 화들짝 놀란 그녀는 군인이 눈치챘을까 봐 두려워하며 급히 고개를 저었다.

"아니요, 아니요. 9시쯤부터 계속 저 혼자 있었는데요."

윤혜린은 태연한 표정을 지으려 애썼다. 뺨이 굳어지는 것 같았다. 군인은 얼마간 그녀의 얼굴을 빤히 쳐다보았다. 별다른 말을 하지는 않았다.

선반 사이를 걷던 군인이 걸음을 멈췄다. 바닥에 떨어진 컵라면 상자를 발로 툭, 찼다. 그는 선반 뒤쪽을 바라보았다. 여자가 숨은 곳이 바로 그 자리였다. 윤혜린의 호흡이 빨라졌다. 군인은 선반 뒤쪽으로 발을 내디뎠다.

순간, 윤혜린은 자기도 모르게 계산대 위에 놓인 머그잔을 손으로 툭, 쳤다.

쨍그랑!

컵이 계산대 바깥쪽으로 떨어지면서 요란한 소리를 냈다. 커피가 바닥에 쏟아졌다.

"어머나!"

윤혜린이 다급히 계산대 밖으로 뛰어나와 소란을 피웠다. 군인들의 시선이 그녀에게 쏠렸다. 그녀는 허둥대며 빗자루를 들고 컵 조각들을 휴지통에 쓸어 담았다.

잠시 후 계산대 앞에 선 군인이 말했다.

"이 근방에서 검은색 패딩을 입은 수상한 여자를 발견하면 계엄군 치안센터에 즉시 신고하세요. 아주 위험한 인물입니다."

군인들이 매장을 나갔다. 곧 지프가 둔탁한 소음을 내며 떠났다. 윤혜린은 지프가 시야에서 완전히 사라질 때까지 시선을 떼지 않았다.

***

윤혜린은 선반 뒤를 바라보았다. 여자는 여전히 웅크린 채 꼼짝도 하지 않았다. 눈에 공포가 가득 차 있었다.

잠시 후 여자가 천천히 몸을 일으켰다. 계산대 앞으로 다가와 말했다.

"…고맙습니다."

윤혜린은 아무 말도 하지 않았다. 가슴은 여전히 쿵쿵거렸다.

여자를 도운 게 과연 잘한 일일까? 괜히 쓸데없는 짓을 해서 위험에 휘말린 게 아닐까?

문득, 천장에 매달린 CCTV를 바라보았다. 그녀가 여자를 도와주는 모습이 저 안에 고스란히 녹화되었다고 생각하자 등줄기에 소름이 돋았다. 자신의 선택이 어떤 결과를 초래할

지 알 수 없었다. 그러나 후회해 봐야 소용없는 일이었다.

"이제 가셔야 해요. 편의점 문도 닫아야 하고…."

윤혜린이 조용히 말했다. 여자는 흔들리는 눈빛으로 그녀를 바라보더니 고개를 저었다.

"지금 밖에 나가면…."

여자의 목소리는 절박했다. 윤혜린은 입술을 깨물었다. 그랬다. 지금 밖으로 나간다면 곧바로 검문에 걸릴 가능성이 컸다.

"저기…."

윤혜린은 망설이다 조심스럽게 물었다.

"정말 무슨 나쁜 짓을 저지른 건가요?"

여자가 고개를 세차게 저었다.

"아니요. 저는 평범한 대학생이에요. 정치학을 전공하는…. 뉴스에서 보셨는지 모르겠지만… 오늘 오후에 광화문 광장에 있었던 '가만히 있으라' 침묵시위에 참가했을 뿐이에요. 경찰이랑 군인들이 최루탄을 쏘고 삼단봉을 막 휘두르는 걸 보고 무서워서 도망쳤어요. 그런데 아까 검문소를 지나다가 군인들이 제 신분증을 보더니… 어디로 같이 가야 한다고 해서… 저는 그냥 또… 너무 겁이 나서 막 도망쳤는데…."

여자는 말끝을 흐리며 고개를 숙였다. 배꼽 아래에서 두 손을 꼭 쥐고 있었다. 손을 떨고 있었다. 손등에 핏줄이 서 있었다.

윤혜린은 한숨을 쉬었다. 어린 친구가 지금 얼마나 두려울까? 대학에 다니는 여동생이 떠올랐다. 지금 여자를 밖으로 내보내는 건 너무나 위험한 일이었다.

윤혜린은 불을 끄고 편의점 밖을 살폈다. 문을 걸어 잠갔다. 영업 제한 시간은 이미 지났다. 게다가 조금 있으면 통행금지 시간이었다. 여자와 함께 매장에서 밤을 보낸 뒤 점장이 출근하기 전에, 거리에 사람들이 많아질 때 내보내기로 마음먹었다. 자취방에서 복잡한 생각으로 밤새 뒤척거리는 것이나, 매장에서 밤을 보내는 것이나 별 차이도 없을 것 같았다.

윤혜린은 계산대 밑에 숨겨둔 컵라면을 집어 들었다. 매장 구석으로 걸어갔다. 포장을 벗겨낸 뒤 온수기에서 뜨거운 물을 받았다. 컵라면을 나무젓가락과 함께 테이블 위에 내려놓았다. 온장고에서 캔커피도 하나 꺼냈다.

"이리 와서 먹어요."

여자는 놀란 표정으로 윤혜린을 쳐다보았다.

"왜… 저를 도와주시는 거예요?"

윤혜린은 대답하지 않았다. 스스로도 이유를 알 수 없었다. 그저 이 상황이 너무나도 숨 막혔기 때문일까? 아니면 계엄 체제에 대해 저항이라도 하고 싶었던 걸까?

윤혜린은 여자가 라면을 먹는 모습을 지켜보았다. 하루이틀 굶은 사람처럼 몇 번 씹지도 않고 허겁지겁 면을 삼켰다. 뜨거운지도 모르는 것 같았다. 마치 그것이 그녀에게 마지막 식사라도 되는 것처럼.

***

다음 날 아침 7시, 희미한 가로등 불빛 아래 거리는 서서히 깨어나고 있었다. 출근길에 오른 사람들이 하나둘 늘어났다. 적막했던 도로에 작은 생기가 돌기 시작했다. 윤혜린은 점장 대신 오픈 준비를 했다.

여자는 이미 떠났다.

"언니, 휴대폰 번호 좀 알려 줄 수 있어요?"

여자는 언젠가 꼭 보답하겠다고 했다.

윤혜린은 고개를 저었다. 그녀가 서운한 표정을 지었다.

"연락처를 주고받는 건 서로에게 좋지 않을 것 같아요."

윤혜린이 말했다. 그러자 여자는 조만간 편의점에 다시 오겠다고 했다. 편의점 아르바이트를 그만두지 않는 이상,

그것까지 막을 방법은 없었다.

윤혜린은 매장 불을 켰다. 출입문 잠금장치를 풀었다. 원두커피를 내렸다. 커피잔을 들고 계산대 뒤에 앉아 TV를 켰다. 1~2분 정도 광고가 나왔다. 이어서 아침 뉴스가 시작됐다. 앵커가 활기찬, 그러나 AI 음성 같은 목소리로 첫 소식을 전했다.

"어제저녁, 교육부는 학생들에게 애국심과 올바른 국가관을 심어 주기 위해 한국사 교과서 개편을 포함한 새로운 교육 개혁을 본격 추진하겠다고 밝혔습니다."

화면이 바뀌며 연단에 선 교육부장관이 등장했다.

"국가를 사랑하는 마음을 기르는 교육은 반드시 필요합니다. 교육부는 학생들이 대한민국의 자랑스러운 역사와 올바른 국가관을 함양할 수 있도록 적극 지원할 것입니다. 이에 따라 전례가 없는 혁신적인 교육 개혁안을 준비 중이며, 돌아오는 새 학기부터…."

교육부장관의 확신에 찬 눈빛을 보며 윤혜린은 불편함을 느꼈다. 저들이 말하는 '올바른' 국가관이란 대체 뭘까? 국가가 정한 기준에 따라 생각하고 행동해야만 올바른 국민으로 인정받을 수 있다는 뜻일까? 그럼 어젯밤 그녀가 숨겨 준 여자는 '그릇된' 국가관을 가졌단 말인가? 여자를 도운 나도?

윤혜린은 커피잔을 내려다보았다. 옅은 김이 피어올랐다. 따뜻한 잔을 감싸 쥔 손이 어쩐지 차갑게 느껴졌다.

교단 위의 지배자

정부 청사, 교육부 회의실. 국가 안보를 위한 교육 개혁을 논의하는 자리였다. 그러나 이곳에는 열정도 활기도 없었다. 조나영 혼자서 연설하듯 말을 이어갈 뿐이었다.

예비역 육군 소장인 그녀는 보병사단장과 육군훈련소장을 거쳐 육군사관학교 교장을 역임했다. 비상계엄 선포 다음 날, 육군사관학교 생도들이 계엄을 지지하는 시가행진을 벌였다. 당시 교장이었던 조나영이 기획한 행사였다. 즉흥적인 행사는 아니었다. 사전에 국방부장관과 긴밀한 교감이 있었다. 그 일로 대통령의 극찬을 받았다. 한 달 후 그녀는 군복을 벗고 교육부장관 자리에 앉았다.

긴 테이블을 둘러싼 교육부 고위 간부들은 조나영의 눈치를 살피며 말을 아꼈다. 결론이 정해진 회의였다. 목소리를 내 봐야 스스로에게 도움될 일이 없다는 사실을 모두가 알고 있었다. 모든 결정은 이미 계엄사령부에서 내려졌다. 교육부는 들러리를 서는 것에 불과했다.

조나영은 말을 멈추고 간부들을 둘러보았다. 대부분 고개를 숙이고 딴짓을 하고 있었다. 심지어 조는 놈도 있었다. 저런 철밥통들을 데리고 교육 개혁을 추진해야 한다니. 순간, 화가 치밀었다. 그녀는 교육 개혁안 문건을 손바닥으로 내리쳤다. 간부들의 시선이 일제히 그녀에게로 쏠렸다.

조나영은 목소리를 높였다.

"애국심과 올바른 국가관을 학생들에게 가르치는 것. 그것이 우리 교육부가 해야 하는 가장 중요한 일입니다. 현행 교육 방식으로는 어렵습니다. 그렇기 때문에 이번 교육 개혁안을 추진하는 것이고 성패 여부가 여러분의 손에 달려 있단 말입니다."

교육부차관이 쭈뼛거리며 입을 열었다.

"장관님, 질문을 좀 드려도 되겠습니까?"

"물론입니다. 무엇이 궁금하세요?"

"한국사 교과서 개정안에 따르면 5.18 민주화 운동이 '광주 사태'로 표현되고, 그 의미 또한 대폭 축소됩니다. 학계뿐만 아니라 시민단체와 국제사회에서도 강한 반발이 예상되는데, 어떻게 대응하실 생각입니까?"

"우리는 역사적 사실을 왜곡하려는 게 아닙니다. 대한민국의 발전과 번영을 위해 미래 지향적인 역사 교과서를 새로 만들려는 것뿐입니다. 언제까지 과거의 갈등에 발목 잡혀서 제자리걸음을 해야 하나요? 그러니까 나라 꼴이 요 모양 요 꼴인 겁니다. 오죽하면 대통령님께서 비상계엄을 선포하셨겠습니까?"

조나영은 개혁안 문건을 들어 올리며 말을 이었다.

"이번 한국사 교과서 개정을 통해 국민적 합의를 도출하고 불필요한 논란을 없앨 겁니다. 물론 반국가 세력의 저항이 예상되지만 교육부가 신경 쓸 일은 아닙니다. 계엄사령부에서 이미 대응 방안을 마련 중입니다. 국제사회의 반응도 신경 쓸 것이 없습니다. 대한민국의 교육은 우리가 주도해야 합니다. 외부의 시선을 의식해 교육의 방향을 틀어서는 안 된다는 말입니다. 알아들으시겠습니까?"

맞은편에 앉은 교육정책실장이 고개를 끄덕이며 말했다.

"제가 보기엔 한국사 교과서 개정안보다 교련 과목 부활이 더 민감한 이슈가 될 것 같습니다. 고등학교 남학생들에게 군사 교육을 의무적으로 시행하면 학부모들의 반발이 클 것으로 예상됩니다만…."

조나영이 단호한 표정으로 말했다.

"군사 교육은, 애국심! 우리 아이들에게 국가를 위해 헌신할 줄 아는 태도를 가르치는 게 목적입니다. 학부모들에게 안보 교육의 중요성을 강조하고, 그것이 곧 우리 아이들에게 강한 대한민국을 물려줄 수 있는 길이라는 점을 설득해야죠. 이번에 새로 도입하기로 한 교련 과목은 과거처럼 군사 기초 교육에 머무르지 않을 겁니다. 각 지역의 예비군 훈련장을 이용해 사격 훈련, 전술 훈련 등 실질적인 군사 훈련을 포함하는 방안을 검토 중입니다."

질문을 한 교육정책실장은 놀란 기색을 감추지 못했다.

"더 궁금한 게 있습니까?"

조나영이 묻자 그는 고개를 저으며 시선을 떨궜다. 그의 옆에 앉은 교육기획조정실장이 개혁안 문건을 들추며 말했다.

"장관님, 애국심 평가제 도입은 구체적으로 어떻게 실행하실 계획인가요? 공정성과 일관성을 확보하려면 학생의 애국심을 평가하기 위한 명확한 기준을 마련할 필요가 있을 텐데요."

"애국 교육 프로그램 이수 여부, 국가 기념일 행사 참여도, 군사 및 안보 교육 성취도 등을 종합적으로 고려할 겁니다. 평가 결과에 따라 우수 학생에게는 장학금을 지급하고 대학 입시에서 가산점을 부여할 계획입니다. 그 외에도 해마다 청소년 애국심 결의 대회를 개최하기로 했습니다. 이 또한 입상자에게 포상하고 입시 가산점을 부여할 계획입니다."

멀리 앉아 있던 교원정책과장이 손을 들었다.

"장관님, 교사들은 학생들에게 직접적인 영향을 미치는 존재입니다. 교육부 정책을 따르지 않는 교사가 분명히 생길 텐데, 이에 대한 대책은 어떻게 마련하실 계획입니까?"

"이번 교육 개혁안에 공식적으로 포함할 수 없기 때문에 문건에서 빠져 있지만, 교사 감찰 시스템 도입을 검토하고 있습니다. 교사들의 수업 내용을 모니터링하고, 교육부 정책에 어긋나는 경우 개선을 요구하거나 징계 조치를 하는 게 핵심입니다. 이를 위해 모든 수업 자료를 디지털화해서 교육부 데이터베이스에 업로드하도록 하고, 정책에 어긋나는 내용을 자동으로 분석하는 AI 시스템을 도입할 예정입니다."

교원정책과장이 다시 말했다.

"감찰도 중요하지만 교사들이 교육부 정책을 자발적으로 따르도록 유도하는 방안도 필요할 것 같습니다. 규제만으로는 적극적인 동참을 기대하기 어렵다고 생각합니다."

조나영이 그의 말을 메모했다.

"좋습니다. 교사들에게 동기를 부여하는 방안도 함께 고려해 보겠습니다."

침묵.

조나영이 말했다.

"더 궁금한 게 있습니까?"

침묵.

그녀가 만족스러운 표정으로 말했다.

"좋습니다. 이번 교육 개혁이 성공적으로 자리 잡을 수 있도록 여러분 모두 적극적으로 협력해 주시길 바랍니다."

***

교육부 청사 브리핑 룸. 교육부장관의 대국민 발표를 앞두고 기자들은 노트북을 두드리며 기사를 송고했다. 방송국 카메라가 생중계를 준비하고 있었다.

연단 중앙에 현수막이 걸려 있었다.

- 국가 안보를 위한 교육 개혁안 발표.

그 아래, 바지 정장을 단정하게 차려입은 조나영이 서 있었다. 그녀는 마이크 높이를 조정했다. 결의에 찬 표정으로 준비된 원고를 읽기 시작했다.

"존경하는 국민 여러분, 그리고 이 자리에 참석하신 언론인 여러분. 저는 교육부장관으로서 대한민국의 미래를 위해 중대한 발표를 하고자 합니다. 우리 아이들이 국가를 사랑하고, 대한민국의 역사와 가치를 올바르게 이해하며, 책임감 있는 국민으로 성장할 수 있도록 전례가 없는 강력한 교육 개혁안을 추진할 것입니다."

조나영이 말을 멈췄다. 생방송 카메라를 향해 준비된 표정을 지었다. 이날을 위해 며칠 전부터 거울을 보고 연습했다. 기자들이 일제히 카메라를 들었다. 플래시가 연달아 터졌다. 그녀는 플래시 세례가 멈출 때까지 기다렸다.

조나영은 한층 더 결의에 찬 표정으로 말을 이었다.

"지금 대한민국은 새로운 도약을 앞두고 있습니다. 도약을 넘어 비상하려면, 국민 한 사람 한 사람이 올바른 국가관과 책임 의식을 가져야 합니다. 교육은 대한민국의 미래를 결정짓는 가장 중요한 요소이며, 국가의 발전과 안보를 위해 반드시 개혁이 필요합니다. 이에 따라 한국사 교과서를 개정하고, 체계적인 애국 교육을 시행하며, 정신력과 실질적인 안보의식을 함양하는 군사 훈련 프로그램을 도입할 것입니다.

그리고…."

그때 브리핑 룸 뒤편에서 소란이 일었다.

"교육 개혁안에 반대합니다! 교육을 독재의 도구로 삼지 마십시오!"

한 청년이 자리에서 벌떡 일어나더니, 품에 숨겨 둔 조그만 피켓을 꺼내 들었다. 그의 목소리는 떨렸지만 강렬했다.

조나영은 눈살을 찌푸렸다. 생방송 카메라가 자신에게 초점을 맞추고 있다는 사실을 깨닫고, 이내 표정을 가다듬었.

출입구 근처에 서 있던 교육부 직원 3명이 재빠르게 움직였다. 그들은 청년에게 달려들어 제압했다. 청년은 온몸을 흔들어 대며 저항했다. 반대 구호를 외쳤다. 직원 한 명이 손을 뻗어 그의 입을 틀어막았다. 다른 두 명이 그의 팔과 다리를 잡아 올렸다. 청년은 몸부림쳤다. 그러나 거친 숨소리만 남긴 채 브리핑 룸 밖으로 사라졌다.

몇몇 기자들이 그 광경을 찍기 위해 카메라를 들었다. 근처에 있던 교육부 직원들이 뛰어들었다. 그들은 손을 뻗어 카메라 렌즈를 틀어막았다. 기자들은 불만스러운 표정을 지었다. 그러나 누구도 항의하지 않았다.

브리핑 룸이 조용해졌다. 조나영은 아무 일 없었다는 듯 태연하게 원고를 다시 읽기 시작했다. 교육 개혁안의 핵심 내용과 구체적인 실행 방안을 조목조목 설명했다. 국민들에게 변화의 필요성을 역설했다.

"이번 교육 개혁은 대한민국의 더 나은 미래를 위해 필수적인 과정입니다. 국민 여러분이 함께해 주시길 간곡히 부탁드립니다."

연단에서 내려온 조나영이 비서관에게 말했다.

"아까, 그 소란 일으킨 놈은 누구야? 어떻게 여기에 들어온 거야?"

비서관이 말했다.

"신원을 확인하는 중입니다. 사전에 등록된 기자 명단에는 없었는데, 행사 시작 전에 어수선한 틈을 이용해 들어온 것 같습니다."

"기자들 앞에서 또 이런 일이 벌어지면 곤란해. 출입 관리 강화하고 내부 보안 점검 다시 하도록 해."

"예, 알겠습니다."

***

다음 날, 서울의 한 고등학교. 교장이 비상 회의를 소집했다. 겨울방학 중이었지만 교사 전원이 출근했다. 오래간만에

만났지만 그들은 가볍게 안부 인사만 나누었을 뿐, 서로 말을 하지 않았다. 저마다 책상 위에 놓인 '국가 안보를 위한 교육 개혁' 세부 지침 문건을 묵묵히 읽고 있었다.

정태민은 숨을 몰아쉬며 교무실 문을 열었다. 서둘러 집을 나왔지만 회의에 늦고 말았다. 집 근처 검문소를 통과하는 데 평소보다 시간이 오래 걸렸다. 지하철역에서부터 학교까지 조깅하듯 뛰어왔다. 다행히 회의는 아직 시작되지 않았다. 그는 정수기에서 물을 한 잔 받아 마셨다. 자리에 앉아 숨을 골랐다.

정태민은 책상 위에 놓인 교육부 문건을 펼쳤다. 대강 훑어가며 읽었다.

한국사 교과서 개편 방향… 민주화 운동 관련 내용 축소… 대신 국가 주도의 경제 발전과 안보 정책 내용 강조… 국가 안보 교육 필수화… 애국 교육 실시… 고등학교 교련 교과 부활… 수업 중 정치적 발언 금지… 위반 시 징계….

문장 하나하나가 마치 법원 판결문처럼 느껴졌다. 옆자리의 교사가 한숨을 내쉰 뒤 뭐라고 중얼거렸다.

교무실 문이 열리고, 교장이 들어섰다. 뒤따라 들어온 교감이 교사들 이름을 하나하나 불러가며 출석을 체크했다.

잠시 후 교장이 입을 열었다.

"어제 교육부에서 발표한 개혁안이 당장 새 학기부터 시행됩니다. 모든 수업은 교육부 지침에 맞춰 진행해야 합니다. 내용을 숙지하고 행여라도 불미스러운 일이 생겨 불이익을 받지 않도록 주의하세요. 특히, 개학이 며칠 안 남았으니까 각자 수업 자료부터 철저히 점검하시기 바랍니다. 교육부 지침에 어긋나는 내용이 없는지 꼭 확인하세요."

교장이 말을 멈추고 생수병을 땄다. 물을 한 모금 마신 뒤 말을 이었다.

"우리는 교육자로서 학생들을 혼란스럽게 하지 않도록 유념해야 합니다. 수업 중에 논란이 될 만한 이야기를 절대 하지 말고…."

문득, 정태민은 검문소 안에 앉아 있는 기분이 들었다.

강요된 애국심

새 학기 첫날 아침, 교실 안팎에서 신입생들이 삼삼오오 모여 어색한 인사를 나눴다. 복도 곳곳에서 방학 동안 보지 못했던 친구들이 장난을 주고받으며 웃음꽃을 피웠다.

교무실의 분위기는 사뭇 달랐다. 예년 같았으면, 교사들도 삼삼오오 모여 방학 동안의 일을 서로 나누며 웃음이 오갔을 터였다. 그러나 지금은 아무도 입을 열지 않았다. 각자 자리에 앉아 교육부 문건을 읽거나, 수업 준비를 하거나, 모니터를 멍하니 바라보고 있었다.

정태민은 개정된 한국사 교과서를 펴고 목차부터 살폈다.

첫 단원이 '대한민국의 발전과 현대사'였다. 시대순 구성이 익숙한 그에게는 낯선 목차였다. 책을 내려놓고 잠시 생각에 잠겼다.

왜 현대사를 맨 앞에 배치했을까? 과거보다 현재의 중요성을 부각하려는 걸까? 아니면 아이들에게 특정한 관점을 우선하여 심어 주려는 의도일까?

그는 본문을 펼쳤다. 문장 하나하나를 읽어 내려가다 멈췄다. 과거 교과서에서는 대한민국의 발전을 설명하는 데 국민의 역할과 민주주의 운동을 강조했다. 새 교과서에서는 국가가 민주주의를 수호했다, 국가 주도로 경제가 성장했다, 라는 식으로 표현이 바뀌어 있었다.

민주화 운동에 대한 언급은 대부분 사라졌다. 그나마 남아 있는 몇 문장조차 '사회 질서를 위협하는 반국가 세력에 대한 정부의 강경 대응'이라는 서술로 변질되어 있었다.

문득, 5.18 민주화 운동이 어떻게 서술되었는지 궁금해졌다. 조심스럽게 페이지를 넘기며 관련 내용을 찾았다. 5.18 민주화 운동은 '광주 사태'라는 표현 아래 '반국가 세력의 선동으로 인한 사회적 혼란'이라고 서술되어 있었다.

정태민은 책장을 덮었다. 한국사 교과서가 아이들에게 국가가 의도한 사고방식을 주입하는 도구로 전락한 것 같았다.

"이걸로 아이들을 가르쳐야 한다니…."

혼잣말이 새어 나왔다.

정태민은 한국사 교과서를 들고 교무실을 나섰다. 무거운 걸음을 떼며 복도를 걸었다. 새 학기 첫 수업이었다. 계엄령 선포 후 처음 맞이하는 수업이기도 했다.

오늘부터 수업을 어떻게 해야 할까?

어떤 말을 조심해야 하고 어디까지 설명해야 할까?

아이들에게 역사를 올바르게 가르쳐야 한다는 신념과 계엄정부에 반하는 행동을 할 수 없는 현실 사이에서 그는 갈등했다. 교과서를 쥔 손에 힘이 들어갔다.

정태민은 1학년 3반 교실 문 앞에서 멈춰 섰다. 짧은 심호흡을 했다. 문을 열고 교실로 들어섰다. 웅성거리던 아이들이 일순간 조용해졌다. 아이들이 자세를 바로 하고 앉았다.

그는 교과서를 교탁 위에 내려놓았다. 아이들을 향해 미소를 지었다. 시선을 옮기며 여러 아이와 눈을 마주쳤다. 이제 막 고등학교에 올라온 아이들이었다. 중학교 때와는 다른 낯선 환경 때문인지 긴장한 모습을 보이는 아이들이 많았다.

정태민이 부드러운 목소리로 말했다.

"고등학교에 올라오니까 많이 낯설지?"

아이들이 일제히 고개를 끄덕였다. 정태민은 미소를 지으며 한 걸음 앞으로 나섰다.

"처음이라 당연히 낯설 수밖에 없지. 하지만 금방 익숙해질 거야. 나는 역사 교사 정태민이라고 해. 너희들에게 한국사를 가르칠 거야. 우리 앞으로 잘 지내보자."

첫 수업인 만큼 정태민은 한국사의 전체 흐름을 정리해 주었다. 먼저 고대 국가의 형성과 삼국 시대의 발전, 통일 신라와 고려의 역사적 의의를 설명했다. 그다음 조선의 성립과 발전 과정에 대해 이야기했다. 이어서 근대사로 넘어갔다. 조선 말기의 개혁과 외세의 침략, 일제강점기의 저항과 독립운동, 광복 이후 대한민국 정부 수립 과정을 설명했다.

정태민은 아이들의 반응을 살피며 이번 학기에 다룰 단원의 개요를 설명했다. 대한민국 현대사의 주요 사건, 경제 및 사회적 변화, 그리고 민주화 과정… 등.

"이제 교과서를 펴볼까?"

아이들이 책장을 넘기는 소리가 교실에 퍼졌다.

"우리가 처음 배울 내용은 대한민국 현대사야. 현대사는 우리가 살고 있는 사회의 근간을 형성하는 중요한 부분이지."

정태민은 아이들을 둘러보며 덧붙였다.

"교과서가 어떤 방식으로 사건을 서술하는지에 따라 역사에 대한 인식이 달라질 수도 있어. 그러니 단순히 읽는 것에 그치지 말고 비판적으로 사고하는 게 중요해."

정태민은 첫 단원을 읽기 시작했다.

"…국가는 사회 질서를 유지하기 위해 강력한 대응을 할 필요가 있으며, 국가의 안정과 번영을 위해 강력히 법 집행을 해야 한다…."

익숙했던 내용이 사라진 자리에는 딱딱한 문장들이 자리 잡고 있었다. 그는 단락을 따라가며 문장을 계속 읽어 내려갔다. 중간중간 설명도 덧붙였다.

"중요한 건 단순히 글을 읽는 게 아니라 그 의미를 깊이 생각해 보는 거야."

정태민은 아이들과 눈을 마주치며 말했다.

"여기 이 부분, 교과서에서 말하는 '사회 질서 유지'와 '강력한 대응'이 구체적으로 무엇을 의미할까? 역사적으로 어떤 사례가 있을까?"

한동안 침묵이 흘렀다. 한 아이가 슬그머니 손을 들었다.

"혹시… 비상계엄 같은 걸 말하는 건가요?"

정태민은 고개를 끄덕였다.

"맞아. 그것도 하나의 사례가 될 수 있지. 그럼 비상계엄

같은 사건은 우리 사회에 어떤 영향을 미칠까?"

아이는 대답하지 않고 정태민의 눈을 빤히 바라보기만 했다. 마치 눈빛으로 "그건 선생님이 알려 주셔야죠."라고 말하는 것 같았다.

순간, 정태민은 아이에게 질문한 걸 몹시 후회했다. 계엄령 선포 후 그의 친구 중 하나가 말 한마디를 잘못 꺼냈다가 계엄군에게 체포되었다. 포고령 위반 혐의였다. 다행히 훈방 조치되고 말았지만, 친구는 유치장에 갇혀 있던 며칠 동안 갖은 폭언과 고문에 시달렸다고 했다. 정태민은 아이들 앞에서 계엄에 대해 소신을 밝히는 게 두려웠다.

"역사는 단순한 기록이 아니라, 현재와 연결된 흐름이야. 우리가 배우는 사건들이 오늘날 어떤 의미를 갖는지 고민해 보는 게 중요해."

결국 아이에게 답을 주는 대신 이렇게 얼버무리고 말았다. 그런 자신이 비겁하게 느껴졌다. 자괴감마저 들었다.

"어… 다음 단락을 읽어 볼까?"

정태민은 태연한 척했다.

어느덧 수업 종료를 알리는 멜로디가 스피커에서 흘러나왔다. 정태민은 서둘러 교실을 빠져나왔다. 하루를 어떻게 보냈는지도 모를 만큼 종일 정신이 혼란스러웠다.

※※※

  다음 날 오전, 교무실에서 수업 준비를 하고 있던 정태민은 등 뒤에서 "선생님."하고 부르는 소리에 고개를 돌렸다. 올해 3학년이 된 경호가 한국사 교과서를 들고 서 있었다. 질문하러 온 모양이었다.

  고등학교 한국사는 필수 과목으로 1학년 때 배운다. 교육부는 올해 수학능력시험부터 개정된 교과서를 반영하겠다고 발표했다. 고3 수험생들은 혼란을 겪을 수밖에 없었다.

  경호는 공부를 썩 잘하는 아이가 아니었지만 유독 한국사에 관심이 많았다.

  "응, 경호야. 무슨 일이니?"

  "선생님, 궁금한 게 있어서 왔어요. 예전 교과서에는 5.18 민주화 운동은 시민들이 자유민주주의를 위해 싸운 사건이라고 나왔는데, 새 교과서에는 '1980년 5월 18일 광주에서 발생한 소요 사태. 반국가 세력의 선동으로 대규모 무장 소요 사태가 발생했다. 사회 안정을 위해 군대가 개입할 수밖에 없었다.'라고 나오네요. 왜 이렇게 바뀐 건가요?"

  순간, 정태민은 모든 교사들의 이목이 자신에게 쏠리는 걸 느꼈다. 목이 바짝 타들어 갔다. 말문이 막혔다. 그러나 아이에게 무슨 말이든 해 줘야 했다.

"음… 역사적 사건을 바라보는 관점은 시대에 따라 해석이 달라질 수도 있어."

예전 같았으면, 아니 다른 주제였다면 조금 더 설명을 덧붙였을 것이다. 그러나 지금은 최대한 말을 아껴야 한다는 생각만 들었다.

경호가 다시 말했다.

"그럼 예전 교과서의 내용은 틀렸던 건가요?"

그때 문이 살짝 열리더니 누군가 문틈으로 교무실 안을 들여다보았다. 교장이었다. 정태민과 눈이 마주친 순간, 교장은 가볍게 미소를 지으며 고개를 끄덕였다. 교장은 문을 닫고 사라졌다.

정태민은 어지러움을 느꼈다. 교무실 분위기는 적막 그 자체였다. 마치 교사들 모두가 그의 대답을 기다리고 있는 것 같았다.

"경호야, 미안하지만 선생님 지금 수업 들어가야 하니까 점심시간에 다시 올래?"

4교시 수업을 마친 후 정태민은 교무실로 돌아왔다. 한국사 교과서를 책상 한쪽에 엎어 놓고 한숨을 쉬었다. 경호와의 대화가 머릿속에서 떠나지 않았다.

그는 창밖으로 시선을 돌렸다. 바람에 나뭇잎이 흔들리는 모습을 바라보며 생각했다.

경호가 곧 다시 올 텐데, 뭐라고 답을 해 줘야 할까?

마땅한 답이 떠오르지 않았다.

문이 열리고, 김 교사가 들어왔다. 그녀는 교과서와 수업 도구를 내려놓으며 자리에 앉았다. 그녀의 자리는 정태민 옆이었다. 김 교사가 말했다.

"정 샘, 점심 안 드세요?"

정태민은 고개를 저었다.

"입맛이 없네요."

그녀가 주위를 살피더니 속삭이듯 말했다.

"샘, 아까 저 수업 들어갔을 때 교무실에서 무슨 일 있었어요?"

"무슨…?"

"누가 그러던데요. 고3 학생이 정태민 샘을 찾아왔었다고."

"…그냥 경호라고, 한국사에 관심이 많은 아이인데 질문하러 잠깐 왔었어요."

"어떤 질문?"

김 교사는 자세를 고쳐 앉았다.

"5.18에 대한 내용이요. 예전 교과서와 많이 달라졌는데 이유를 알고 싶다고…."

김 교사는 입을 꾹 다물고 주위를 살폈다. 그녀가 낮은 목소리로 말했다.

"샘도 조심하는 게 좋을 거예요. 어제 옆 학교에서도 비슷한 일이 있었대요. 한국사 수업 중에 5.18 민주화 운동에 대해 설명하던 역사 샘이 오늘 아침에 교장실로 불려 갔대요. 수업 중에 새 교과서를 교탁 위로 집어 던지고 역사적 사실을 왜곡하면 안 된다고 했는데, 그게 어떻게 교장 귀에 들어갔는지 문제가 된 모양이에요. 교육부 감찰도 받아야 한다고 하던데요."

"…그래요?"

정태민의 표정이 굳어졌다.

맞은편에 앉은 박 교사가 슬며시 고개를 들었다. 두 사람의 대화를 엿들은 모양이었다.

"어제 옆 학교 그거, 학부모가 교장한테 민원을 넣었다는가 봐."

"민원을요?"

김 교사가 물었다.

"응. 내 생각인데, 신입생이니까 등교 첫날 어땠냐고 학부모가 물었을 거 아니야. 그때 아이가 한국사 수업 시간에 들은 이야기를 했던 것 같아. 아마 그것 때문에 교장한테 민원을 넣었나 봐. 하필이면 아이 아버지가 경찰서장이래."

김 교사가 한숨을 내쉬었다.

"이거 정말 장난이 아니네요. 수업 중에 아이들이 녹음이라도 할까 봐 겁나요."

그때 누군가 문을 열어 둔 채 교무실을 나갔다. 박 교사가 조용히 일어나더니, 문을 닫고 다시 자리에 앉았다.

정태민은 경호에게 해 줄 말을 정리했다.

"선생님, 그럼 예전 교과서의 내용은 틀렸던 건가요?"

"아니. 역사는 단순히 과거의 사실을 나열하는 것이 아니라, 그것을 바라보는 사람들의 관점에 따라 해석되는 거야. 예전 교과서가 틀렸다고 말할 수는 없어. 다만, 당시에는 그런 해석이 지배적이었고 지금은 또 다른 해석이 강조되는 거라고 볼 수 있지. 중요한 건 그 변화가 어떤 의도와 맥락 속에서 이루어졌는지를 파악하는 거야."

경호뿐만 아니라 다른 아이들이 같은 질문을 하더라도 똑같이 답해 주기로 마음먹었다.

그러나….

경호는 점심시간에 다시 찾아오지 않았다.

그리고….

해가 질 때까지도 정태민은 경호의 모습을 다시 볼 수 없었다.

＊＊＊

한 주 내내 학교 전체가 분주했다. 돌아오는 금요일에 '청소년 애국심 결의 대회'가 열릴 예정이었다. 새 학기를 맞아 교육부가 주관하는 전국적 행사였다. 아이들이 자연스럽게 애국심을 기르고 올바른 국가관을 확립하도록 한다는 취지에서 마련되었다.

국기 게양식, 국기에 대한 맹세, 애국가 제창으로 시작해 애국심 웅변대회, 애국심 백일장, 애국심 퀴즈대회 등의 프로그램이 이어질 예정이었다.

교육부는 대회에서 우수한 성과를 거둔 학교에는 교사 전체에게 포상하고, 각 분야에서 입상한 아이들에게는 장학금과 함께 대학입시에서 가산점을 부여하겠다고 밝혔다.

행사 공문이 내려오자 교사들은 세부 지침을 숙지한 뒤, 각자 맡은 역할에 따라 준비를 시작했다. 각 학급에서는 담임 주도로 행사와 관련된 교육을 했다. 아이들은 국기에 대한 맹세문은 물론 애국가 4절을 전부 외워야 했다.

조회 때마다 교장이 스피커를 통해 아이들에게 적극적인 참여를 독려했다.

"대한민국의 청소년은 애국심을 기르고 국가 발전에 이바지하는 성숙한 국민으로 자라나야 합니다."

행사를 하루 앞두고 막바지 준비가 한창이었다. 체육관 연단에 커다란 태극기가 걸렸다. 개회식에서 아이들이 함께 외칠 애국 선언문이 대형 스크린에 떴다.

〈청소년 애국 선언문〉
- 우리는 대한민국의 자랑스러운 청소년으로서, 충성과 헌신으로 자유대한민국을 수호할 것을 굳게 선언합니다.
- 우리는 조국의 영광과 번영을 위해 몸과 마음을 바치며, 어떠한 상황에서도 국가의 명령에 따를 것입니다.
- 우리는 법과 질서를 철저히 준수하며, 조국에 해가 되는 그 어떠한 행위도 용납하지 않을 것을 다짐합니다.
- 우리는 하나 된 정신으로 조국의 위대함을 드높이고, 강하고 영광스러운 국가를 건설하는 데 앞장설 것입니다.

아이들은 학년별로 4열 횡대로 줄을 맞춰 섰다. 행사 사회를 맡은 정태민이 연단에서 아이들을 향해 수신호를 보냈다. 그러자 선두에 선 학생회장이 마이크를 잡고 외쳤다.

"우리는 대한민국의 자랑스러운 청소년으로서!"

이어서 모든 아이들이 한목소리로 따라 외쳤다.

"우리는 대한민국의 자랑스러운 청소년으로서!"

체육관 가득 아이들의 외침이 메아리쳤다.

"충성과 헌신으로 자유대한민국을 수호할 것을 굳게 선언합니다!"

최종 리허설이 끝났다. 정태민은 체육관 한쪽에 섰다. 아이들이 떠난 자리를 바라보았다. 아이들의 외침과 박수 소리로 떠들썩했던 체육관은 조용했다. 그러나 그 여운은 가라앉지 않았다.

정태민은 심한 갈증을 느꼈다. 생수병을 열어 단숨에 반을 비웠다. 차가운 물이 목을 타고 내려가는 동안에도 갈증은 가시지 않았다.

강요된 애국심.

정태민은 생각했다. 애국심을 과연 가르칠 수 있는 것일까? 역사를 배우고, 사회를 경험하며, 세상을 이해해 가는 과정에서 아이들이 스스로 느끼고 깨달아야 할 어떤 것이 아닌가? 그것을 암기하고, 선언하고, 외친다고 하여 마음 깊이 자리 잡을 수 있는 것일까?

문득, 그는 자신에게 물었다. 나는 언제 애국심을 느꼈던가? 한동안 머릿속이 비었다. 살아오는 동안 애국심을 말하거나 의식할 기회조차 없었다는 사실을 깨달았다.

어쩌면 그것은, 내가 그만큼 평화로운 국가에서 살아왔다는 의미가 아닐까? 불과 석 달 전까지만 해도 말이다.

***

류도현은 촬영기자와 함께 방송국 밴을 타고 학교 정문 안으로 들어섰다. 교문 위에 빨간색 글씨로 인쇄된 커다란 현수막이 걸려 있었다.

- 제1회 청소년 애국심 결의 대회.

태극기를 흔드는 학생의 모습이 그려진 포스터가 학교 안 곳곳에 붙어 있었다. 스피커에서 애국가 4절이 잔잔히 흘러나왔다.

류도현이 차에서 내리자 교장이 다가와 반갑게 맞이했다.

"오셨군요, 기자님. 오늘 행사는 우리 교육이 올바른 방향으로 나아가고 있다는 걸 보여 줄 좋은 기회입니다."

교장은 기자를 체육관으로 안내했다.

"요즘 같은 시국에는 애국심 교육이 반드시 필요합니다. 학생들이 국가에 기여할 수 있는 방법을 스스로 고민하고 체험해 볼 수 있는 기회가 될 겁니다."

체육관에 들어서자 연단에 설치된 스크린에 행사 시작을 알리는 자막이 떠올랐다. 이어서 사회자의 목소리가 울려 퍼졌다.

"2025 제1회 청소년 애국심 결의 대회를 시작하겠습니다!"

국기에 대한 맹세와 애국가 제창이 이어졌다. 한 학생이 단상으로 올라가 청소년 애국 선언문을 힘차게 외쳤다.

"우리는 대한민국의 자랑스러운 청소년으로서!"

수백 명의 학생들이 한목소리로 따라 외쳤다.

"충성과 헌신으로 자유대한민국을 수호할 것을 굳게 선언합니다!"

교장이 류도현에게 말했다.

"보셨죠? 우리 아이들, 참 대단하지 않습니까?"

류도현은 말 대신 미소로 답했다.

보도 메시지는 분명했다. 청소년들은 자발적으로 애국심을 실천하고 있고, 교육은 그 방향을 제대로 이끌고 있다.

그는 노트에 헤드라인 두 개를 써 보았다.

- 대한민국 청소년, 애국심을 실천하다.
 - 교육 개혁, 성공적인 첫걸음.

 잠시 고민하던 그는 첫 번째 헤드라인 위에 동그라미를 그렸다.

가짜 뉴스

류도현은 보도국 로비에 들어섰다. 출입카드를 태그했다. 자동문이 부드럽게 열렸다. 그를 본 기자들이 고개를 숙였다. 류도현은 밝은 미소로 화답했다.

"좋은 아침입니다."

말투는 다정했고 표정은 온화했다. 그러나 아무도 그와 눈을 마주치지 않았다.

류도현은 KBX 보도국 정치부 선임기자였다. 대통령 취임 초기부터 친정부 성향의 보도로 이름을 알렸다. 비상계엄 선포 직후에는 이를 옹호하는 기획 보도를 시리즈로 내보냈다.

그 일로 대통령에게서 직접 연락을 받았다. 그날 궁정동 안가에서 밤새도록 대통령과 술을 마셨다.

계엄사령부는 공영방송의 통제와 전략 보도의 실무를 류도현에게 위임했다. 그의 실질적인 영향력은 보도국장을 뛰어넘었다. 그가 차기 KBX 사장으로 내정되었다는 이야기가 공공연히 돌았다.

류도현은 자리에 앉아 노트북을 켰다. 사내 포털에 새 공지가 떠 있었다.

- 언론보도지침_ver.9

파일을 열자 굵고 붉은 글씨로 강조된 문장들이 시선을 끌었다.

계엄사령부와 정부의 노력으로 사회가 안정되고 있다는 메시지를 반복 보도할 것… 반정부 시위에 대한 테러리즘을 부각할 것… 경제 회복 지표를 부각하고 부정적 지표는 삭제 혹은 축소할 것… 외신 비판 보도는 가짜 뉴스로 규정할 것.

그는 스크롤을 빠르게 내렸다. 보도지침은 계속해서 업데이트되었지만 메시지는 하나였다. 긍정적인 보도만 할 것!

보도국 회의는 오전 9시 정각에 시작됐다. 기자들과 부서장들이 하나둘씩 테이블에 앉아 노트북을 펴거나 수첩을 꺼냈다. 보도국장이 가볍게 헛기침을 하고 나서 말했다.

"오늘 메인 뉴스는 치안 상태 개선과 경제 지표 회복, 이 두 가지를 중심으로 갑니다. 치안 개선은 시민들이 체감할 수 있는 구체적인 사례를 중심으로, 경제 회복은 정부의 정책 효과를 강조하는 방향으로 구성하세요. 청와대에서 예민하게 보고 있으니 실수 없이 준비 바랍니다."

류도현은 옆에서 고개를 끄덕였다. 보도 흐름 대부분은 전날 밤 그가 기획한 구조였다. 이 회의는 디테일을 다듬고 탈선을 막기 위한 것이었다.

한 기자가 손을 들었다.

"경찰청 자료에 따르면 계엄령 선포 후 강력 범죄 발생률이 57%나 감소했다고는 하지만, 표본 수가 적고 지역 편차가 커서 보도에 사용하기에는 좀 애매한 것 같은데요."

보도국장이 말했다.

"신경 쓸 것 없습니다. 통계 숫자 그대로 인용하고, 대신 시민 인터뷰 비중을 크게 보도하세요. 시민들이 체감하는 치안 상태가 좋아졌다는 방향으로 초점을 맞추면 됩니다."

류도현이 의견을 더했다.

"계엄군과 경찰이 함께 순찰하는 장면도 붙이세요. '공존'의 이미지가 강해집니다. 시민 인터뷰는 여성과 노인 위주로,

감정선이 안정된 사람들로 선별하고요."

"예, 알겠습니다."

기자가 그의 말을 수첩에 받아 적었다.

보도국장이 말했다.

"경제 지표 관련해서는, 중소기업 생산성이 계엄령 시행 전 수준으로 회복됐고 내수 소비도 회복세로 돌아섰다는 분석 자료가 어제 나왔습니다. 외국인 투자 심리가 반등세를 보인다는 분석도 나왔고요. 이런 회복세를 입체적으로 보여줄 수 있도록 보도 자료를 구성하고 편집 방향도 그에 맞춰 조정하세요."

류도현이 그의 말에 덧붙였다.

"홍콩과 싱가포르 투자사의 임원 인터뷰 영상이 곧 들어올 겁니다. 외국인 투자 관련 보도에 활용하세요."

회의는 정돈된 흐름으로 흘러갔다. 수직적 결정이 반복되었고, 그 결정은 곧 '보도 방향'이 되었다.

***

류도현은 뉴스 편집실로 향했다. 편집자들은 어젯밤부터 작업 중이던 영상 파일을 조정 중이었다. 도심을 순찰 중인

계엄군, 조용히 길을 건너는 시민, 인터뷰 장면 등이 보도 방향에 맞춰 구성되었다. 음향과 자막도 세밀하게 조율되었다.

류도현은 시민 인터뷰 영상을 확인했다.

"계엄령 덕분에 우리 사회가 훨씬 안전해진 것 같아요. 마음이 한결 놓입니다."

류도현은 시민의 표정을 유심히 살폈다. 어딘가 어색했다. 입은 웃고 있었다. 그러나 눈빛이 어두웠다.

"이 사람 표정이 마음에 안 들어. 다른 사람 걸로 교체해. 그리고 계엄군과 시민이 악수하는 장면을 인터뷰 앞으로 옮겨. 계엄군이 시민과 자연스럽게 교류하는 장면을 먼저 보여주고, 이어서 긍정적 인터뷰를 붙이면 설득력이 높아져."

편집자가 말없이 영상을 조정했다.

그다음 류도현은 시위 영상을 확인했다. 휠체어를 탄 장애인 10여 명이 피켓을 흔들며 검문 반대 구호를 외쳤다.

"시위대가 과격해 보이도록 편집해. 손짓이 큰 부분을 반복 재생하고, 각도를 낮춰서 더 거칠어 보이게 만들어야 해. 화면 떨림도 넣고 사운드는 격앙되게."

편집자가 고개를 끄덕이며, 능숙하게 영상을 조정했다.

근처를 지나가던 후배 기자가 류도현을 보고 다가왔다.

"선배님, 새 보도지침 보셨습니까? 앞으로는 외신에서 계엄을 비판하는 보도가 나오면, 사실 여부와 관계없이 가짜 뉴스로 규정하고 반박 보도를 하라던데요. 정부에서 외신 통제 수위를 확실히 끌어올린 것 같습니다."

"봤어. 혼란을 막으려면 외부 목소리를 단호하게 정리해야 해. 국민들 귀에는 일관된 메시지만 들리게 해야 하니까."

후배 기자가 고개를 끄덕였다. 그는 할 말이 더 있는 듯 자리를 떠나지 않았다. 잠시 어색한 침묵이 흘렀다. 그는 류도현에게 등을 돌렸다.

류도현은 마지막으로 청소년 애국심 결의 대회 영상을 확인했다. 체육관에 모인 학생들이 태극기를 흔들었다. 애국 선언문을 외쳤다.

"여기 이 여학생…."

그가 모니터를 손으로 가리켰다.

"태극기를 바라보는 표정이 아주 근사해. 감동이 살아 있어. 여학생 얼굴을 클로즈업해. 배경 음악은 애국가 4절을 깔고 마지막 자막은 '충성과 헌신으로 자유대한민국을 수호할 것을 선언합니다.'로 마무리해."

편집자는 음악 트랙을 불러왔다. 자막도 입혔다.

류도현은 무심코 창밖을 바라보았다. 교복을 입은 학생들과 군인들이 횡단보도 앞에 나란히 서서 신호가 바뀌기를 기다리고 있었다. 그는 혼잣말로 중얼거렸다.

"보기 좋은 그림이야. 질서 있고 안정된 분위기."

***

오후 7시 50분, 뉴스 시작을 앞두고 통제실 내부는 긴장감이 감돌았다. 제작진은 마지막 타임라인을 점검하고 있었다. 엔지니어들은 영상과 음향의 싱크를 일일이 확인했다.

류도현은 중앙 모니터 앞에 앉았다. 첫 뉴스 영상이 미리보기 상태로 재생되고 있었다. 기술 감독이 그에게 다가왔다.

"송출 준비 완료됐습니다. 영상, 자막, 음향 모두 이상 없습니다."

기술 감독이 마이크를 잡았다.

"카운트다운 시작합니다. 60초 전."

통제실 안의 조명이 어두워졌다.

45초. 뉴스 앵커가 호흡을 가다듬었다. 입술을 움직이며 발음을 점검했다.

30초. 송출 대기 중이던 영상들이 초록불로 전환되며 준비 완료 상태를 알렸다.

15초. 앵커가 카메라를 정면으로 바라보았다.

10, 9, 8⋯.

류도현은 숨을 들이마셨다.

3, 2, 1.

앵커가 정제된 톤으로 멘트를 시작했다.

"국민 여러분, 계엄사령부와 정부의 노력으로 우리 사회는 점점 더 안정되고 있습니다."

첫 소식은 치안.

우하향 범죄율 그래프, 계엄군과 경찰이 조를 이루어 순찰하는 장면, 계엄군과 시민이 웃으며 악수하는 장면, 이어지는 시민 인터뷰.

"군인들이 있어서 든든합니다."

계엄군이 노인에게 길을 안내하고 짐을 들어 주는 장면으로 마무리.

그다음은 경제.

생산성 반등, 소비 지표 회복, 그리고 외국인 투자자의 인터뷰가 이어졌다.

장애인 시위.

흔들리는 카메라, 거친 음향, 험악한 표정, 알아들을 수 없도록 편집된 목소리가 빠르게 지나갔다.

끝으로 청소년 애국심 결의 대회.

국기 게양식, 애국 선언문을 외치는 학생들, 태극기를 바라보는 여학생 클로즈업, 애국가와 함께 흐르는 자막.

오늘 뉴스도 완벽했다. 모든 장면에 진지한 메시지가 담겨 있었다. 모든 자막에는 설계된 신념이 깃들어 있었다.

류도현은 자리에서 일어나 박수를 쳤다.

"훌륭합니다. 모두들 수고하셨습니다."

***

서울의 한 지하철역. 승강장을 순찰하던 최승민 중사는 전광판 앞에서 걸음을 멈췄다. 저녁 뉴스가 한창이었다. 화면 속 군인은 미소 가득한 얼굴로 지팡이를 쥔 노인에게 길을 안내했다. 이어서 노인의 짐을 어깨에 짊어지고 계단을 함께 올랐다.

최승민은 오늘 아침의 일을 떠올렸다. 신분증 없이 검문소를 지나려는 노인을 계엄군 치안센터로 이송했다. 노인이 저항했기 때문에 어쩔 수 없이 제압한 뒤 수갑까지 채워야 했다. 많이 억울했는지, 아니면 화를 참을 수 없었는지 노인은 끝내 눈물을 보였다.

함께 뉴스를 지켜보던 하사가 말했다.

"지하 2층으로 내려가시죠."

최승민은 군모를 고쳐 쓰고 발걸음을 뗐다.

수거 작전

수도방위사령부 군사경찰단 회의실. 희미한 형광등 아래, 전투복을 입은 부사관 20여 명이 커다란 테이블을 둘러싸고 앉아 있었다. 그들 앞에는 '반국가 세력 수거 대상 명부'라고 적힌 문건이 놓여 있었다.

계엄령 선포 후 군사경찰의 주요 임무는 민간인을 검문하고, 체포하고, 구금하는 일이 되어 버렸다. 처음에는 그들 대부분이 이러한 임무에 큰 거부감을 느꼈다. 그러나 시간이 지나면서 그 감정은 점차 무뎌졌다. 결국 모두가 묵묵히 명령을 따랐다. 살아남기 위해서, 그리고 군 안에서 자리를 지키려면 어쩔 수 없었다.

계엄사령부는 계엄법에 따라 반국가 세력과 포고령 위반자를 영장 없이 체포하여 구금할 수 있다고 반복해서 교육했다. 이는 불법이 아닌 정당한 법 집행이라는 점을 군인들에게 끊임없이 주입했다. 의무 복무 사병은 대부분 단순 경계 업무에 투입되었다. 실질적인 체포 작전과 실행은 하사 이상 간부와 대위 이하 장교가 맡았다.

최승민은 수거 대상 명부를 펼쳐 들고 내용을 훑어보았다. 체포 대상자의 인적 사항과 혐의 내용 등이 상세히 기록되어 있었다.

- 김현식(회사원): 내란 동조 혐의. 내란 음모 혐의로 구속된 야당 대표의 SNS 게시물에 '좋아요'를 누르고 동조 댓글을 다수 게시하였음.

- 정태민(고등학교 역사 교사): 국가 전복 선동 혐의. 수업 중 학생들에게 "계엄정부는 헌법을 짓밟고 있으며, 국민들이 나서서 저항해야 한다."라고 발언하였음.

- 박재민(천주교 사제): 불온사상 유포 혐의. 미사 도중 "부당한 권력에 맞서는 것이야말로 신앙인의 의무이며, 침묵하는 것은 죄를 짓는 것과 같다."라고 설교하였음.

- 이성훈(대학생): 불법 집회 주도 및 대통령 명예훼손 혐

의. 계엄령 반대 시위와 대통령 탄핵 시위를 주도했고, 연설 중에 대통령을 "희대의 또라이"라고 모욕하였음.

- 송민석(기자): 국익 훼손 혐의. 비상계엄에 대한 탐사 보도를 준비하였으나 국내 보도가 불가하자, 해외 언론에 취재 정보를 전달하였음.

- 한성자(노동운동가): 사회 불안 조성 혐의. 계엄령 선포 후 노동 규제에 반대하며 불법 집회를 주도하고 대중을 선동하였음.

명단을 따라가던 최승민의 시선이 '박재민'에서 멈췄다. 처음엔 잘못 본 줄 알았다. 하지만 다시 확인한 순간, 심장이 두어 번 크게 뛰었다.

그는 최승민이 고등학교 시절부터 부모님과 함께 다녔던 성당의 주임 신부였다. 늘 가난한 신도들을 위해 앞장섰다. 소외된 이웃에게 따뜻한 손길을 내미는 분이었다. 신도들 사이에서는 '낮은 곳에서 빛을 밝히는 분'이라는 말로 깊은 존경을 받았다. 그런데 그 이름이 '불온사상 유포'라는 죄목 아래 체포 대상 명단에 적혀 있었다.

수거 작전 지휘관인 노진수 소령이 회의실로 들어섰다. 모두가 자리에서 일어났다. 그는 짧은 손짓으로 앉으라고 지시했다. 자신도 테이블 상석에 앉았다. 그는 몹시 피곤한 표정으로 입을 열었다.

"부관들 모두 애로 사항이 많은 걸 잘 안다. 그러나 어쩔 수 없다. 우리는 명령에 죽고 살 수밖에 없는 군인이다. 계엄 정부가 성공적으로 자리를 잡으면, 우리에게 합당한 보상을 내리겠다고 약속했다. 그러니까 지금은 흔들림 없이 임무에 집중해 주기 바란다. 알겠나?"

"네."

모두가 한목소리로 대답했다. 그러나 말끝은 무거웠다.

노 소령이 물을 한 모금 마셨다. 그가 말을 이었다.

"각 팀은 수거 대상 인물을 24시간 이내에 확보해서 지정된 구금 시설로 이송하면 된다. 이하 작전 방식은 지난번과 동일하다. 질문 있나?"

침묵.

"좋다. 질문 없으면 임무를 배정하겠다. 먼저 김현식, 정태민 그리고 박재민. 이 3명은 최승민 중사 팀에서 맡는다."

최승민의 가슴이 철렁 내려앉았다. 하필이면 신부님을 내 손으로 체포해야 한다니. 믿기지 않는 현실에 숨이 막히는 듯했다.

"다음 이성훈, 송민석, 한성자…."

회의가 끝난 후 부사관들은 하나둘 자리를 떴다. 최승민은 한참 동안 회의실에 남아 움직이지 못했다. 신부님에게 이 사실을 알려야 했다. 피신하라고 말해야 했다. 그러나 마땅한 방법이 떠오르지 않았다.

계엄령 선포 후 중대장 이하 간부들은 영내에서 상주해야 했다. 작전 수행 목적 외에는 외출이 금지되었다. 보안 강화를 위해 개인 휴대폰은 모두 압수당해 중대 행정실에서 보관 중이었다. 영내 유선전화는 통신보안이 걸려 있었고, 모든 통화는 감청되고 있었다. 영내에 하나뿐인 공중전화도 통신 두절 상태였다.

신부님에게 어떻게 연락해야 할까?

최승민은 고민을 거듭해 보았지만 한숨만 나올 뿐이었다. 그때 그의 시선이 무심코 창밖으로 향했다. 중대 본부 앞 소나무 아래에서 누군가가 휴대폰을 귀에 댄 채 주변을 거닐고 있었다.

이동석 중사.

얼마 전 부친상을 당해 일주일간 휴가를 나갔던 입대 동기였다. 중대 행정실에 휴대폰을 반납하기 전에 귀대 소식을 가족에게 전하고 있는 모양이었다. 그의 손에 들린 휴대폰이 또렷하게 눈에 들어왔다.

최승민은 입술을 깨물었다. 입대 동기라고는 해도 인사 정도만 하고 지낼 뿐이었다. 하지만 지금은 그런 걸 따질 여유가 없었다. 그는 밖으로 뛰어나갔다.

"이 중사."

통화를 마치고 중대 본부 계단을 오르던 이동석이 고개를 돌렸다. 최승민이 말했다.

"아버님은 잘 모셨지?"

"어? 어. 신경 써 줘서 고마워. 동기들이 부조금도 모아 줘서… 안 그래도 내일 아침에 인사 돌리려고 했어."

침묵.

최승민은 숨을 깊이 들이마셨다. 그리고 말을 꺼냈다.

"근데 말이야… 동석아. 부탁 하나만 하자. 휴대폰 잠깐만 빌릴 수 있을까? 개인적으로 꼭 연락해야 할 데가 있는데… 영내 유선으로는 좀 곤란해서 말이야."

이동석은 말없이 그를 바라보더니 이내 고개를 끄덕였다. 그는 잠금 패턴을 해제한 뒤 휴대폰을 최승민에게 건넸다.

"고맙다. 금방 돌려줄게."

최승민은 그가 통화 내용을 들을 수 없도록 소나무 아래로 자리를 옮겼다. 이동석이 담배를 빼어 물었다.

최승민은 성당 사무실 번호를 눌렀다. 신호음이 길게 이어졌다. 손바닥에 땀이 맺혔다.

"네, 성당입니다."

익숙한 목소리였다.

"사무장님, 안녕하십니까. 저… 최승민 요셉입니다."

"어? 요셉! 오랜만이네. 어떻게 지내니?"

"죄송하지만 통화 길게 못 합니다. 박재민 신부님과 통화할 수 있을까요?"

"사제관에 계실 텐데… 무슨 일이니?"

"꼭 전해야 할 급한 용무가 있습니다."

"알겠어. 전화 돌려 볼게."

잠시 후 신부가 전화를 받았다.

"여보세요?"

"신부님, 저 요셉입니다."

"오랜만이구나. 계엄령 때문에 고생이 많다고 들었다. 아버님이 걱정을 많이 하시던데 별일 없는 거니?"

"예, 별일 없습니다."

"급히 나를 찾았다니 무슨 일이냐?"

"신부님, 지금 당장 피신하셔야 합니다."

"피신하라니… 무슨 말인지 통 알 수가 없구나."

"미사 도중 반국가적 설교를 했다는 이유로, 신부님이 체포 대상 명단에 올랐습니다. 24시간 이내에 군사경찰이 들이닥칠 겁니다. 지금 당장 성당을 떠나셔야 합니다."

마치 모든 것을 알고 있었다는 듯, 신부는 전혀 동요하지 않았다.

"나는 내 자리를 떠날 수 없네. 하느님이 계신 곳을 버릴 수는 없지."

"신앙으로만 버틸 수 있는 상황이 아닙니다. 지금은 현실을 직시하셔야 합니다."

"정의를 말하는 것이 죄라면, 나는 그 죄를 기꺼이 짊어지겠네. 하느님의 뜻을 전하는 사제로서 비겁하게 도망칠 수는 없지 않겠나."

최승민은 신부의 단호한 태도에 입술을 꽉 깨물었다. 그가 이렇게 나올 거라고 예상은 했었다. 직접 확인하고 나니 마음이 더 무거워졌다.

"제발 다시 생각해 주십시오. 신부님께 무슨 일이 생기면 저는…."

"하느님의 뜻이라면 나는 감옥에 가는 길도 마다할 생각이 없네."

최승민은 더는 말을 잇지 못했다. 신부가 이렇게 나올 거라고 예상했듯, 설득할 방법이 없다는 것도 알고 있었다.

***

새벽 5시, 군사경찰단 호송 차량이 서울의 한 아파트 단지로 진입했다. 차량이 멈추자, 무장한 군인 4명이 문을 열고 신속하게 내렸다. 체포 작전을 지휘하는 최승민은 단단한 표정으로 팀을 이끌었다. 그가 낮은 목소리로 말했다.

"목표는 703호. 위치로 이동한다."

그들은 유령처럼 어둠 속을 가로질러 목표 세대로 향했다. 703호 앞에 도착했다. 팀원 한 명이 도어락 해제 장비를 꺼냈다. 최승민이 손짓으로 제지했다. 그는 초인종을 눌렀다.

60초가 흘렀다. 아무런 응답이 없었다.

최승민은 다시 초인종을 눌렀다. 잠시 후 현관문 너머에서 인기척이 느껴졌다. 인터폰 스피커에서 남자의 목소리가 흘러나왔다.

"누구세요? 이 시간에…."

"김현식 씨, 군사경찰입니다. 문을 열어 주십시오."

현관문이 서서히 열리더니, 김현식이 창백한 얼굴로 모습을 드러냈다.

"군사경찰이 저희 집에는 왜요? 무슨 일입니까?"

그의 목소리는 심하게 떨렸다. 최승민은 한 박자 숨을 고르고 나서 입을 열었다.

"김현식 씨, 내란 동조 혐의로 체포합니다. 협조해 주십시오."

김현식은 당황한 기색으로 말했다.

"…뭐라고요? …내란 동조요? 저는 그런 일을 한 적이 없습니다. 무슨 오해가 있는 것 같은데요."

최승민이 명령했다.

"체포해."

팀원 2명이 김현식의 양팔을 잡고 제압했다. 재빠르게 수갑을 채웠다. 김현식은 격렬하게 몸부림쳤다.

"이건 불법 체포잖아요! 나는 아무 잘못을 한 게 없어요! 제발 설명이라도 해 주세요!"

순간, 집 안쪽에서 방문이 벌컥 열리며 젊은 여자가 뛰어나왔다. 그녀가 놀란 표정으로 말했다.

"여보! 이 사람들 누구야?"

"군사경찰입니다. 김현식 씨는 간단히 조사만 받고 귀가할 테니까, 걱정하지 마십시오."

최승민이 말했다. 여자는 절망적인 얼굴로 김현식을 끌어안고 울먹였다.

"안 돼요. 내일 우리 아기 첫돌이에요. 제발 남편을 데려

가지 마세요."

김현식이 간절한 표정으로 말했다.

"제발 부탁입니다. 가족 앞에서 이러지 마세요. 제가 어디로 가야 하는지 알려 주세요. 내일 우리 딸 돌잔치 끝나자마자 찾아가겠습니다. 믿어 주세요. 제발… 부탁드립니다."

침묵.

최승민은 김현식의 눈을 바라보았다. 명령을 따르고 있을 뿐이었다. 그러나 누군가의 가족을 갈라놓는 일을 반복할수록 가슴에 괴로움이 쌓여갔다.

"이송해."

팀원들이 김현식을 엘리베이터 안으로 밀어 넣었다. 그는 마지막까지 저항했다. 소용없는 일이었다.

"제발요! 남편을 어디로 데려가는 거예요?"

여자가 울부짖었다. 군인들을 붙잡고 엘리베이터에 타려고 했다. 그들은 그녀를 밀어냈다. 엘리베이터 문이 닫히는 순간, 여자는 주저앉고 말았다. 문틈으로 이 광경을 지켜보던 이웃 주민이 문을 걸어 잠갔다.

오전 8시, 그들은 일사불란하게 차에서 내려 고등학교 건물 안으로 진입했다. 무장한 군인들이 복도를 지나자 교사와 학생들이 놀란 표정으로 비켜섰다.

교무실 앞에 도착한 최승민은 짧게 숨을 들이마셨다. 문을 열고 교무실로 들어섰다. 팀원 3명이 그의 뒤에 병풍처럼 섰다.

"정태민 선생님 계십니까?"

교사들이 일제히 고개를 들고 최승민을 바라보았다. 곧 한 남자가 자리에서 천천히 일어났다.

"제가 정태민입니다만… 무슨 일로…?"

당혹과 두려움이 섞인 듯한 표정이었다. 최승민이 말했다.

"정태민 선생님, 국가 전복 선동 혐의로 체포합니다. 지금 저희와 함께 가 주셔야 합니다."

"국가… 뭐라고요? 전복이요?"

최승민이 고개를 끄덕였다.

"뭘 잘못 알고 오신 게 아닌지…. 저는 학생들에게 역사를 가르치는 교사일 뿐인데요."

최승민은 흔들림 없는 목소리로 말했다.

"정식 진술은 조사 과정에서 하실 수 있습니다. 동행을 거부하시면 어쩔 수 없이 강제로 모실 수밖에 없습니다."

정태민은 쓸쓸한 미소를 지었다. 책상 위에 놓인 안경을 집어 들었다.

오전 10시, 본당에서 평일 미사가 진행 중이었다. 최승민은 차 안에서 대기하며 미사가 끝나기를 기다렸다.

신자들이 본당 밖으로 나오기 시작했다. 최승민은 군모를 단정하게 고쳐 썼다. 그리고 차에서 내렸다. 팀원들이 따라 내리려고 했다. 그가 말했다.

"너희들은 차에서 대기해."

최승민은 본당 안으로 들어섰다. 제단 쪽으로 걸어갔다. 신부 앞에 멈춰 섰다. 그가 숨을 한 번 내쉰 뒤 말했다.

"신부님, 저와 함께 가 주셔야 합니다."

신부는 말없이 고개를 끄덕이며 주변을 둘러보았다. 본당에 남아 있던 신자들이 걱정스러운 눈으로 그들을 지켜보고 있었다. 신부는 그들을 향해 미소를 지었다.

"별일 아니니까, 걱정하지 마세요."

그가 최승민을 바라보며 말했다.

"잠시 기도할 시간을 줄 수 있겠니?"

최승민은 고개를 끄덕였다.

"5분 드리겠습니다."

박재민은 제단 앞으로 걸어갔다. 천천히 무릎을 꿇었다. 성호를 긋고 두 손을 모았다.

5분이 지났다.

최승민은 그에게 다가갔다.

"신부님, 이제 가셔야 합니다."

***

군사법정. 쇠붙이 의자에 줄지어 앉은 피고인들은 모두 죄수복 차림이었다. 손목과 발목은 포승줄로 묶여 있었다. 몇몇은 얼굴에 멍이나 상처 자국을 지우지 못한 채였다.

50여 명. 나이도, 직업도, 신분도 각기 달랐다. 그러나 이 순간만큼은 모두 같은 죄인 취급을 받고 있었다. 그들에게는 진술권도, 변호인의 조력권도 주어지지 않았다.

"재판을 시작하겠습니다."

군판사가 말했다.

"검사, 공소 사실을 진술하십시오."

군검사가 자리에서 일어났다. 서류철을 펼쳤다. 피고인들을 천천히 둘러보았다. 이윽고 그가 입을 열었다.

"피고인 김현식. 내란 음모 혐의로 구속된 정치인이 SNS에 올린 내란 선동 게시물에 동조하는 행위를 하였습니다."

곧이어 법정 스크린에 SNS 게시물이 떴다.

짧은 문장.

- 진정한 자유는 침묵하지 않는다.

검사는 그 문장을 가리키며 말을 이었다.

"전 야당 대표 이태석이 SNS에 올린 글입니다. 이 글은 단순한 문학적 표현처럼 보일 수 있지만, 실제로는 계엄정부의 정통성을 부정하고 조직적인 시민 저항을 촉구하는 메시지를 담고 있습니다. 명백한 내란 음모 행위에 해당합니다. 피고인은 이 게시물에 '좋아요'를 누르고, 지지하는 댓글을 남기는 방식으로 내란에 동조하였습니다."

검사는 서류를 넘기며 진술을 이어갔다.

"피고인 정태민. 고등학교 역사 교사입니다. 교사는 정치적 중립을 반드시 지켜야 할 책무가 있습니다. 그런데 피고인은 한국사 수업 도중 학생들에게 국가 전복을 선동하는 발언을 하였습니다. 이는 교육자의 자격을 넘어서, 헌정 질서를 위협하는 행위입니다."

그때 피고인석에서 누군가 벌떡 일어나 외쳤다.

"저는 아이들에게 대한민국 국민은 누구나 헌법을 준수해야 한다고 가르쳤을 뿐입니다. 그것이 어떻게 국가 전복…"

근처에 있던 군사경찰이 그에게 달려들었다. 손으로 그의 입을 틀어막았다. 그가 고개를 저으며 저항했다. 군사경찰은 그의 목에 헤드록을 걸었다. 법정 안이 술렁였다.

쾅! 쾅! 쾅!

군판사가 주먹으로 법대를 내리쳤다.

"다들 조용히 하세요! 신성한 법정에서 뭐 하는 짓들이야. 피고인을 당장 법정 밖으로 끌어내세요."

그가 법정 밖으로 사라졌다. 군판사가 말했다.

"검사, 진술 계속하세요."

군검사는 아무 일도 없었다는 듯 무표정한 얼굴로 진술을 다시 시작했다.

"피고인 박재민. 천주교 사제로서 미사 도중 계엄정부를 비판하고 불온사상을 유포하였습니다. 이는 종교의 자유를 넘어선, 자유민주주의에 대한 정면 도전입니다."

"피고인 이성훈은…."

군검사가 공소 사실 진술을 마쳤다. 판사는 곧바로 선고를 내렸다.

"피고인들이 저지른 범죄에 대해 중형으로 다스려야 마땅하나, 실제로는 아무 일도 일어나지 않은 점을 고려해 개선의 기회를 주고자 합니다. 피고인 전원은 교화시설에서 한 달간 사상 교정 교육을 받도록 명령합니다."

최승민은 법정 뒤편에 앉아 재판 과정을 끝까지 지켜보았다. 50명이 넘는 피고인들에 대한 재판은 한 시간도 채 넘기지 않고 끝났다. 재판은 결론이 정해진 각본처럼 흘러갔다. 문득, 자신이 무고한 사람들을 사지로 끌고 왔다는 생각이 들었다. 최승민은 극도의 불쾌감을 느꼈다.

피고인들은 교화시설로 향하는 호송 버스 3대에 나누어 탔다. 버스에 올라타기 전, 신부가 고개를 뒤로 돌렸다. 최승민과 눈이 마주쳤다. 신부가 엷은 미소를 지었다. 순간, 최승민의 눈시울이 뜨거워졌다.

그때 등 뒤에서 누군가 그를 불렀다.

"최승민 중사."

최승민은 뒤를 돌아보았다. 무표정한 남자 둘. 단정한 제복. 계급장은 없었다. 최승민은 그들이 군 감찰관이라는 사실을 직감적으로 알았다.

최승민은 눈에 고인 눈물을 손바닥으로 닦아냈다. 그가 당황한 목소리로 말했다.

"무슨 일입니까?"

그중 한 명이 대답했다.

"반국가 세력 인물에게 미리 체포 계획을 알려 주고 피신하라고 한 사실이 있지?"

최승민은 말없이 고개를 저었다. 심장이 두려움으로 쿵쿵거렸다. 침착함을 유지하려 애썼다.

"네가 인정하든 안 하든 상관없다. 목격자의 진술과 통신 증거를 확보했으니까."

호송 버스가 요란한 공회전 소음을 냈다. 곧 움직이기 시작했다. 최승민은 버스로 시선을 돌렸다. 창가에서 그를 바라보는 신부와 다시 눈이 마주쳤다.

"최승민 중사. 군사 기밀 누설 및 포고령 위반 혐의로 체포한다."

손목이 뒤로 꺾이며 차가운 수갑이 채워졌다. 세상이 무너지는 듯했다. 최승민은 자신이 가게 될 곳이 어디인지 알고 있었다. 그동안 수행했던 체포 작전들이 떠올랐다. 겁에 질린 사람들의 얼굴이 떠올랐다. 그들이 했던 마지막 말들이 머릿속에서 울렸다.

***

호송 버스들이 국가재건교화소 정문 앞에 멈춰 섰다. 곧 육중한 철문이 열렸다. 버스들이 연병장에 진입했다. 소총으로 무장한 군인들이 먼저 버스에서 내렸다. 이어서 수감자들이 하나둘 내리기 시작했다.

"줄 맞춰 세워."

교화소장 한진태가 말했다. 교도관들이 곤봉을 휘두르며 수감자들을 5열 횡대로 정렬시켰다. 한진태는 그들을 쭉 훑어보더니 피식 웃었다.

"다들 불만이 많겠지."

그는 한 수감자 앞에 멈춰 섰다. 서류를 뒤적였다.

"네놈이 이태석이 꾸민 내란 음모에 동조했다고?"

수감자가 눈을 피했다. 한진태는 고개를 끄덕였다.

"괜찮아. 여기선 다시 배울 기회가 주어질 테니까."

그는 다른 수감자 앞에서 다시 서류를 뒤적였다.

"하느님도 여기선 아무 힘이 없다는 걸 알게 될 거요. 아멘, 하하하."

수감자가 한진태의 눈을 바라보며 미소를 지었다.

"웃어?"

한진태가 눈살을 찌푸리며 가까이 있는 교도관에게 손짓했다. 교도관이 수감자의 정강이를 군홧발로 세게 걷어찼다. 쓰러진 수감자가 신음했다. 교도관은 곤봉을 들어 그의 어깨와 등을 무자비하게 내리쳤다. 수감자는 몸을 웅크리고 비명을 질렀다.

"쓰레기 같은 놈들아. 너희들이 대한민국 국민이라는 게

부끄럽지도 않나?"

한진태가 말했다.

"너희가 지금까지 알고 있던 세상은 끝났다. 여기선 우리가 법이고, 우리가 너희를 새 사람으로 만들어 줄 거다."

잠시 후 호송 버스들이 차례로 교화소를 떠났다.

육중한 철문이 닫혔다. 그들의 인권과 자유는 함께 봉인되었다.

봉인된 인권

강원도 깊은 산중, 국가재건교화소. 철조망과 감시탑으로 둘러싸인 이곳은, 계엄령 선포 후 반국가 세력의 사상을 교정한다는 명분 아래 설립된 수용 시설이었다. 1980년대 군부독재 시절의 삼청교육대를 모델로 삼았다. 대부분 폐쇄된 군부대를 개조해 만들어졌다. 강원도에 네 곳, 전국적으로는 아홉 곳이 운영되었다.

교도관은 군사경찰, 그리고 육해공 각 군의 훈련소 교관 중에서 선발되었다. 처음에는 그들 대부분이 수용자에게 폭력을 가하는 일에 강한 거부감을 느꼈다. 이러한 분위기를 단칼에 꺾기 위해, 계엄사령부는 명령에 불복한 교도관 몇 명에게 항명죄를 뒤집어씌워 영창에 수감했다. 그리고 며칠간 모진 고문을 가한 뒤 불명예 전역을 시켜 버렸다. 이후 교도관들은 폭력을 행사하는 데 주저하지 않았다. 공포가 그들의 이성을 마비시킨 것이었다.

교화소 경비는 치밀하게 운영되었다. 외곽 네 모서리에는 감시탑이 세워져 있었다. 탑마다 2인 1조의 경비병들이 교대로 근무하며, 24시간 내내 안팎을 감시했다. 출입문과 연병장 외곽에는 경비 초소가 세워져 있었다. 이들 초소에서 실탄으로 무장한 경비병들이 수감자의 동선을 통제하고 돌발 상황에 대응했다.

새벽 5시, 스피커에서 울려 퍼지는 날카로운 사이렌 소리가 교화소의 정적을 깨뜨렸다. 수용실에 누워 있던 수감자들은 일제히 몸을 일으켰다. 점호까지 주어진 시간은 단 60초. 이 짧은 시간 안에 침구를 정리하고 훈련복을 갖춰 입은 뒤 침상 앞에 정렬해야 했다. 늦은 자에게는 가차 없이 곤봉이 날아들었다.

"빨리빨리 움직여! 동작이 느린 놈은 피를 보게 될 거다!"

교도관들이 수용실을 누비며 수감자들을 몰아세웠다. 한

수감자가 엉금엉금 기어 침상에서 내려왔다. 교도관이 그의 옆구리를 군홧발로 걷어찼다.

"넌 시발, 항상 동작이 느려."

이어서 곤봉이 허공을 가로질렀다. 바닥에 나뒹군 수감자가 신음했다. 누구도 도와주지 않았다. 이곳에서는 타인을 돕는 순간, 자신이 다음 타깃이 된다.

어둠이 가시지 않은 연병장. 땅은 서늘한 이슬로 젖어 있었다. 1203명의 수감자들이 곤봉과 군홧발을 피해 죽을힘을 다해 뛰었다. 그들은 일사불란하게 줄을 맞춰 섰다.

삭발당한 머리, 넝마 같은 훈련복, 짝이 맞지 않는 운동화. 그들의 얼굴은 피곤함과 두려움으로 일그러져 있었다. 깊은 산중의 새벽 공기가 뼛속까지 스며들었다. 그러나 감히 몸을 움츠리는 수감자는 없었다. 줄이 조금이라도 흐트러지면 어깨 위로 곤봉이 날아들 것이었다.

한진태가 단상에서 수감자들을 내려다보았다. 현역 육군 대령인 그는 신임 장교 시절부터 육군특수전사령부에서 뼈가 굵은 야전통 군인이었다. 계엄령 선포 후 국가재건교화소장으로 임명되었다. 준장 진급 인사에서 거듭 탈락한 그는 이 자리를 마지막 기회로 여겼다. 어깨에 별을 달기 위해서는 무조건적인 성과로 국가와 군에 충성을 증명해야 했다.

한진태가 마이크를 잡았다.

"너희는 국가의 안녕을 위협한 죄로 이곳에 왔다. 따라서 자랑스러운 대한민국의 국민으로서 자격이 없다. 하지만 기회는 있다. 이곳에서 국가에 대한 충성을 증명한다면 다시 국민으로 인정받을 수 있다."

그는 말을 멈추고 헛기침을 하더니, 단상 아래로 가래를 뱉었다. 가래는 한 수감자의 얼굴에 떨어졌다. 수감자는 미동도 없이 눈만 질끈 감았다.

"변화를 거부하는 놈들은 이곳에서 끝을 맞이하게 될 것이다."

한진태의 말이 끝나자, 교도관들이 일제히 곤봉을 높이 들었다. 철조망 너머로 붉은 태양이 떠오르고 있었다.

***

수감자들은 돼지여물 같은 식사로 아침을 먹었다. 그들은 군용 트럭에 실려 노역장으로 이동했다. 황량한 붉은 흙바닥 위에 조성된 군사 기반 시설 공사장이었다. 곳곳에 철근과 바위가 무더기로 쌓여 있었다.

구역별로 나누어진 작업장마다 수십 명의 수감자들이 곡

괭이로 바위를 깼다. 시멘트를 나르며 도로 기반을 다졌다. 굴착기와 불도저의 기계음이 주변의 모든 소음을 집어삼켰다.

작업장 둘레에서 소총으로 무장한 군인들이 삼엄한 경계를 서고 있었다. 수감자들 사이사이에서 채찍과 곤봉을 든 교도관들이 작업을 감독했다.

한진태는 노역장을 시찰했다. 그의 시선이 땀과 먼지에 절은 수감자들을 하나하나 훑고 지나갔다. 반항의 기색을 보이는 자는 없는지, 손이 멈춘 자는 없는지 확인했다.

한 수감자가 곡괭이를 내려놓았다. 그는 쪼그리고 앉아 숨을 골랐다. 한진태가 발밑의 자갈을 걷어 차고는 말했다.

"저 자식은 일 안 하고 뭐 하는 거야?"

옆에 있던 교도관이 그에게 달려가 채찍을 휘둘렀다. 그가 비명을 지르며 나뒹굴었다. 다른 수감자들은 아무 일도 없었다는 듯 삽질을 이어갔다. 살아남기 위해서는 방관하는 것이 최선이었다.

노역장 중에서도 극한의 구역은 '징벌 구역'이라 불렸다. 이곳에는 사상 전향을 거부하거나 교화소의 규율을 반복해서 어긴 수감자들이 배정되었다. 노동 시간은 다른 구역보다 두 배 이상 길었다. 작업 강도는 훨씬 더 가혹했다.

징벌 구역의 수감자들은 날이 밝자마자 곡괭이를 쥐어야

했다. 해가 완전히 질 때까지 쉬는 시간은 거의 주어지지 않았다. 식사는 하루 두 끼. 그것도 건더기가 없는 죽 한 그릇이 전부였다. 물조차 제대로 지급되지 않았다. 그들은 갈증을 견디며 흙먼지를 들이마셔야 했다.

곡괭이질이 느려지거나 잠시라도 앉은 모습을 보이면 교도관은 주저 없이 채찍과 군홧발을 날렸다. 탈진하거나 쓰러진 수감자는 어디론가 끌려갔다. 그들이 다시 돌아오는 일은 드물었다.

징벌 구역에 투입된 수감자들은 사흘 이상 버티는 경우가 없었다. 그들은 한진태 앞에서 무릎을 꿇었다. 국가에 충성을 맹세했다. 교화소의 규율을 철저히 따를 것을 다짐했다. 그리고 나면 징벌 구역을 벗어날 수 있었다.

강제 노역 후 교화소로 복귀한 수감자들은 저녁을 먹자마자 강당에 모여 사상 개조 교육을 받아야 했다. 교육은 취침 점호 전까지 이루어졌다.

"나는 자랑스러운 태극기 앞에…."

매일 수십 번씩 국기에 대한 맹세를 외쳐야 했다. 목이 쉴 때까지 애국 구호를 외쳐야 했다. 목구멍에서 피가 났다. 입에서는 피비린내가 풍겼다. 그들은 계엄사령부에서 지정한 애국 서적을 읽고 필사해야 했다. 손가락 사이에서 피가 흘렀다. 피가 멈추면 굳은살이 박혔다.

국가재건교화소. 이곳에서 '교화'라는 명분 아래 이루어지는 것은 인간의 육체와 정신, 모두를 부수는 작업이었다.

***

탈진한 수감자들은 모두 깊은 잠에 빠졌다. 숨소리조차 삼켜진 어둠 속에서 교화소의 밤은 깊어져 갔다. 감시탑의 서치라이트가 천천히 회전하며 어둠을 조각냈다. 높은 담장 너머로 보름달이 떠 있었다. 그러나 먹구름에 가려져 달빛은 희미했다.

어둠을 틈타 조심스럽게 움직이는 수감자가 있었다.

수용번호 518번. 그는 딸의 첫돌을 하루 앞두고 군사경찰에게 체포되었다. 군사 법원은 그의 내란 동조 혐의에 대해 유죄를 선고, 1개월 교화 명령을 내렸다. 그러나 수용 생활은 석 달째 이어지고 있었다. 함께 입소한 수감자들은 대부분 한 달 만에 풀려났다. 그런데 왜 518번을 석방하지 않는지, 아무도 그 이유를 설명해 주지 않았다.

접견은 허용되지 않았다. 가족과 연락할 방법도 없었다.

그의 머릿속에는 오직 아내와 딸에 대한 그리움뿐이었다.

한 달 전, 같은 수용실에서 지내던 수감자가 노역장에서 게거품을 물고 쓰러졌다. 교도관이 달려들어 CPR을 했다. 그러나 결국 죽고 말았다. 일주일 전에는 다른 수용실 수감자 2명이 죽었다.

518번은 자신도 이곳에서 죽을 수도 있겠다는 생각이 들었다. 딸을 영영 보지 못하게 될지도 모른다는 두려움이 그를 잠 못 들게 했다. 살아남으려면 탈출하는 수밖에 없었다.

그는 교화소의 구조와 주변 지형을 잘 알고 있었다. 이곳은 그가 군복무를 했던 곳이었다. 수년 전 병력이 인근 부대와 통합되면서 부대가 폐쇄되었다. 교화소로 개조되었지만 구조는 크게 달라지지 않았다.

군복무 시절, 병사들 사이에서 '개구멍'으로 불렸던 통행로가 있었다. 수용동 건물 뒤편의 담장 끝, 수풀이 우거진 배수로 근처였다. 토사가 무너지면서 생긴 작은 동굴 모양의 구멍이었는데, 덩치 큰 병사도 쪼그린 자세로 무리 없이 지날 수 있었다.

부대에서 3km 정도 산길을 내려가면 조그마한 읍내가 있었다. 야간 점호 후 고참 병사들이 개구멍을 통해 몰래 부대를 빠져나가 읍내에서 소주를 한잔하고 돌아오곤 했다. 그도 두어 번 이용했었다.

얼마 전 돌풍과 함께 폭우가 쏟아졌다. 굵은 소나무가 부러질 정도로 강한 비바람이 몰아쳤다. 교화소 담장 일부가 무너졌다. 배수 시설이 역류해 교화소 곳곳이 물에 잠겼다. 518번은 담장 복구 작업을 하는 동안 수풀에 가려진 개구멍이 여전히 뚫려 있는 걸 확인했다.

그날부터 그는 탈출을 계획했다. 경비병의 순찰 패턴, 교도관의 교대 시간, CCTV 위치, 감시탑 서치라이트의 회전 주기 등을 파악했다. 시계 바늘처럼 돌아가는 교화소의 루틴 속에서 빈틈을 발견했다. 매일 밤 10시, 취침 점호가 끝나면 교도관들이 야간 조와 근무 교대를 했다. 그 사이 수용실의 경계가 느슨해졌다.

수용실 밖으로 나가는 건 불가능했다. 그러나 화장실 출입은 제한적으로 허용되었다. 변기 칸에 뚫린 창문은 작고 비좁았지만 쇠창살이 없었다. 창문틀은 낡았고, 나사 하나만 풀면 창을 떼어낼 수 있었다.

그날 밤, 그는 계획을 실행에 옮겼다. 화장실 창을 떼어냈다. 변기를 밟고 올라섰다. 창문으로 몸을 밀어 넣었다. 수용동 건물 밖으로 빠져나온 뒤 차가운 흙바닥에 몸을 붙였다.

낮은 포복으로 수용동 건물 벽을 따라 기었다. 머리 위로 서치라이트 불빛이 지나갔다. 포복을 멈췄다. 납작 엎드린 채 숨을 죽였다. 불빛이 멀어지자 높은 포복으로 빠르게 기었다. 팔꿈치가 찢어지는 줄도 몰랐다.

518번은 담장 끝 배수로 수풀 가까이 도착하자 벌떡 일어나 개구멍을 향해 뛰기 시작했다. 그때 요란한 경보음이 교화소 전체에 퍼졌다. 취침 점호 후 담장을 따라 적외선 경보 장치가 작동된다는 사실을 518번은 알지 못했다.

감시탑의 서치라이트가 어둠 속을 빠르게 휘젓더니, 이내 그를 비췄다. 경비병들이 뛰어와 그를 포위하며 소총을 겨눴다. 그는 공포에 질린 얼굴로 무릎을 꿇었다. 양팔을 높이 쳐들었다. 교도관들이 달려왔다. 그중 한 명이 곤봉으로 그의 머리를 후려쳤다. 그가 쓰러지자 다시 뒤통수를 내리쳤다.

수감자들은 대부분 잠에서 깨어났다. 조금 전 울린 요란한 경보음, 날짐승을 쫓기라도 하듯 어둠을 휘젓는 서치라이트 불빛, 그리고 수용동 건물 뒤쪽에서 들려오는 경비병들의 다급한 외침. 수용실 전체가 술렁였다.

평소보다 강한 군홧발 소리가 복도를 울렸다. 이윽고 교도관들이 수용실로 들이닥쳤다.

"전원 기상! 연병장으로 집합! 빨리 움직여!"

수감자들은 침상에서 벌떡 일어났다. 수용실마다 불이 켜졌다. 그들은 수십 명씩 무리를 지어 복도로 뛰어나왔다.

한진태가 연병장 단상 위에 서 있었다. 그 발치에는 수용번호 518번이 무릎을 꿇고 있었다. 그의 머리는 피범벅이었다. 눈꺼풀이 주저앉아 있었다. 부어터진 입술에 피가 말라붙어 있었다.

수감자들이 정렬을 마치자, 한진태가 큰 소리로 말했다.

"이자는 탈출을 시도했다. 너희 중에도 탈출을 꿈꾸는 놈이 있다면 똑똑히 보아 두거라. 그 대가가 어떤 것인지 확실히 보여줄 테니까."

한진태의 말이 떨어지자, 덩치 큰 교도관 한 명이 단상으로 올라왔다. 이미 만신창이가 된 518번은 고개조차 제대로 들지 못했다. 교도관은 곤봉을 높이 치켜올리더니 그의 어깨를 힘껏 내리쳤다. 둔탁한 소리와 함께 518번의 몸이 힘없이 무너졌다. 교도관은 다시, 또다시 곤봉을 휘둘렀다. 뼈가 부서지는 듯한 소리와 함께 518번은 고통에 몸부림치며 피를 토했다.

"그만! 그만해!"

그때 수감자 무리에서 누군가 뛰어나왔다. 단상으로 뛰어

올라온 그는 518번을 부축하며 고함쳤다.

"짐승만도 못한 놈들아! 제발 그만하라고!"

한진태는 머리끝까지 화가 치밀었다. 수용번호 520번. 천주교 사제라는 저놈은 도무지 교화될 기미가 보이지 않았다. 한진태는 이번 기회에 본때를 보여 주겠다고 마음먹었다. 그는 군홧발로 520번의 어깨를 힘껏 걷어찼다.

"빨갱이 새끼가 감히 어디서!"

한진태는 교도관의 손에서 곤봉을 낚아채 휘두르기 시작했다. 520번은 518번과 함께 쓰러져 무차별적으로 매를 맞았다.

그때 수감자들의 대열이 흔들리기 시작했다. 두세 명이 열에서 이탈해 단상을 향해 달려들었다. 그들은 교도관들이 휘두른 곤봉에 맞아 쓰러졌다. 그들의 몸에 군홧발이 쏟아졌다. 그러자 대열이 순식간에 무너졌다.

수감자들은 성난 파도처럼 단상으로 밀려들었다. 그들은 교도관의 곤봉을 빼앗았다. 맨주먹으로 교도관을 쓰러뜨렸다. 쓰러진 교도관 위로 발길질과 곤봉질이 쏟아졌다. 1203명의 수감자들 앞에서 교도관의 방어선은 쉽게 무너졌다. 절규와 매질, 흙먼지와 피비린내가 엉켜 연병장은 아수라장이 되었다. 교도관들은 줄줄이 뒤로 물러서며 도망쳤다.

탕! 탕! 탕!

한진태가 권총을 꺼내 하늘을 향해 방아쇠를 당겼다. 총성이 하늘을 찢는 순간, 연병장에 정적이 흘렀다. 그러나 그뿐이었다.

"저 새끼부터 죽이자!"

누군가 외쳤다. 수감자들은 함성을 지르며 단상 위로 뛰어올랐다. 한진태는 단상 뒤로 몸을 날렸다. 흙바닥에 굴러 넘어졌다. 허겁지겁 일어나 경비 초소를 향해 전속력으로 달렸다. 뒤따라오는 함성이 그의 등에 와 닿았다.

타타타탕!

그때 또 다른 총성이 연이어 터졌다. 감시탑 네 곳의 경비병들이 일제히 하늘을 향해 공포탄을 쏜 것이었다. 그러나 수감자들은 멈추지 않았다. 오히려 총성에 자극받은 듯 더 거세게 교도관들을 뒤쫓았다. 한진태를 맹렬히 추격했다.

연병장 외곽 초소에서 경비병들이 뛰어나왔다. 경비동에서 잠자던 경비병들도 소총을 들고 뛰어나왔다. 그들은 대열을 갖추고 한진태를 뒤쫓던 수감자들을 향해 총부리를 겨눴다. 수감자들이 멈칫했다.

한진태가 경비병들 뒤로 숨었다. 그가 숨을 헐떡이며 말했다.

"발포해!"

....

"발포하라고, 이 새끼들아!"

....

총성이 울렸다. 선두에 있던 수감자들 몇 명이 피를 뿜었다. 살조각이 튀었다. 그들은 맥없이 쓰러졌다. 나머지 수감자들은 공포에 질린 채 땅에 엎드렸다. 곧이어 감시탑에서도 총구가 불을 뿜었다.

***

서울의 한 종합병원. 응급의학과 전공의 권지훈은 야간 당직을 마치고 의국에 올라왔다. 밤새 쉴 틈 없이 응급실을 뛰어다녔다. 몸이 천근만근이었다. 셔츠가 땀에 절어 피부에 들러붙었다. 숨 쉴 때마다 목구멍 깊은 곳에서 눅눅한 냄새가 올라왔다.

권지훈은 냉장고에서 찬 물을 꺼내 마셨다. 소파에 털썩 몸을 기댔다. TV에서 아침 뉴스가 한창이었다.

"어젯밤, 강원도 소재 국가재건교화소에서 수감자들이 폭동을 일으켰습니다. 계엄사령부는 이번 사태가 북한의 지령을 받은 반국가 세력의 사주에 의해 조직적으로 일어났다고 밝혔습니다. 수감자들은 교도관을 폭행하고 무기를 탈취하는 등 무력을 행사했습니다. 이들을 진압하는 과정에서 수감자 다수가 사망했고, 교도관 역시 다수가 부상을 입은 것으로 전해졌습니다. 계엄사령부는 이번 사태에 대해 강경 대응 방침을 밝혔으며…."

소파에 길게 누운 동료 전공의가 피곤한 목소리로 말했다.

"또 북한 타령이네. 언제부터 이 나라에 북한의 지령을 받은 사람들이 이렇게 많아졌대? 전공의 파업도 북한하고 엮더니만…. 미친놈들."

두 번 죽은 청년

깊은 밤, 응급실은 야전 병원을 방불케 했다. 병상은 물론 복도, 대기실까지 환자들로 가득 찼다.

- 위중한 환자부터 치료합니다.

응급실 곳곳에 안내문이 붙어 있었다. 위중하지 않은 환자는 기약 없이 차례를 기다려야 했다. "왜 도착한 순서대로 치료해 주지 않느냐!"라고 고성을 쳐 봐야 소용없는 일이었다. 응급실은 수용 한도를 초과한 지 이미 오래였다. 구급차의 사이렌 소리가 끊임없이 이어졌다. 119구급대의 대응 여력도 일찌감치 한계에 달했다. 계엄령으로 사설 구급차가 대목을 맞았다는 말은 우스갯소리가 아니었다.

계엄령 선포 전에도 응급실은 늘 분주했다. 교통사고, 낙상, 심근경색, 급성 질환 등 다양한 응급 환자들이 밤새 실려 왔다. 그런데 계엄령 선포 후 이전에는 좀처럼 볼 수 없었던 유형의 응급 환자들이 크게 늘었다. 응급실이 전쟁터로 변한 가장 큰 이유였다.

그들은 대부분 폭력에 의한 것으로 보이는 외상을 입고 내원했다. 그러나 어디서, 어떻게 다쳤는지 말하려 하지 않았다. 간혹 입을 열어도 환자가 설명한 경위와 의학적으로 관찰되는 외상 소견이 크게 어긋났다. 이를테면 여러 곳에 피멍이 들고 늑골이 부러졌는데도 "자다가 침대에서 떨어졌어요."라거나, 둔기에 의한 두피 외상이 분명해 보이지만 "길에서 넘어졌어요."라는 식이었다.

응급실 의료진들 사이에서는 그들이 시위 진압 과정에서 군과 경찰에 의해 폭행당했거나, 계엄군에게 연행되었다가 고문을 받고 풀려난 사람들이라는 소문이 돌았다. 환자 스스로 정확한 경위를 밝히지 않았으므로 사실 여부를 확인할 방법은 없었다.

"실밥은 일주일 뒤에 외래로 오셔서 제거하시면 됩니다.

그전까진 물 안 닿게 조심하시고요."

권지훈은 마지막 환자의 상처를 꿰맨 뒤 남은 처치를 간호사에게 맡겼다. PC 앞에 앉아 차트를 정리했다. 시계를 보았다. 새벽 2시 37분. 잠깐 숨 고를 수 있는 여유가 생겼다. 구급차가 더는 오지 않기를 바랐지만, 꿈 같은 바람이었다.

그는 손목을 주무르며 깊은 한숨을 내쉬었다. 손등의 멍자국과 아무리 씻어도 지워지지 않는 반창고 자국은, 그가 얼마나 많은 밤을 응급실에서 보냈는지 말해 주고 있었다. 집에 못 간 지 벌써 나흘째였다. 휴대폰을 꺼냈다. 아내가 아기를 품에 안고 활짝 웃는 사진을 들여다보았다. 둘 다 멀리 떨어져 있는 것만 같았다.

문득 몇 달 전, 전국의 전공의들이 병원을 떠났던 그날이 떠올랐다. 권지훈도 동료들과 함께 전공의 처우 개선을 요구하는 총파업에 동참했다. 하루 열여섯 시간이 넘는 근무. 월급이라 부르기 민망한 급여. 연차 하루 쓰는 것도 큰맘을 먹어야 했다. 이러한 열악한 환경 속에서 수많은 전공의가 거리로 나섰다.

비상계엄이 선포되면서, 전공의들에게 복귀 명령이 내려졌다. 권지훈은 뉴스를 통해 그 소식을 접했다.

"파업 중인 모든 전공의들은 48시간 내 본업에 복귀할 것.

포고령에 불응한 자는 반국가 세력으로 규정하여 처단한다."

그 말은 한낱 위협이 아니었다. 48시간이 지나자, 계엄군과 경찰은 기다렸다는 듯이 파업을 주도한 강성 전공의들을 대대적으로 체포했다. 소재 파악이 되지 않는 경우, 그들의 가족을 범인 은닉 및 도피 혐의로 체포했다. 그러고 나면 전공의가 투항하듯 자기 발로 계엄군을 찾아갈 수밖에 없었다.

계엄군은 그들을 수도방위사령부 영창에 수감했다. 그리고 그들이 북한의 지령을 받아 전공의 파업을 주도, 의료 현장에 혼란을 일으켰다고 발표했다. 그들이 실제로 처단당하는 모습을 지켜본 다른 전공의들은 겁에 질려 스스로 본업에 복귀했다.

권지훈도 응급실로 돌아왔다. 계엄군이 무서워서만은 아니었다. 그가 감당해야 하는 현실은 무거웠다. 아내가 출산 후 육아 부담과 임신 중독증 후유증으로 인해 직장을 휴직한 상태였다. 그가 파업에 참여한 두 달 동안 은행 계좌가 바닥을 드러냈다. 아기의 분유와 기저귀 값을 걱정해야 하는 처지였다. 응급실 밖에서 더는 버틸 재간이 없었다.

권지훈은 응급실을 나와 로비로 향했다. 그를 본 경비원이 자리에서 벌떡 일어났다. 권지훈은 신경 쓰지 말라는 뜻으로 손을 내저었다. 응급 원무과 직원 2명 모두 꾸벅꾸벅 졸고 있었다. 밀려드는 환자들을 접수하고 수납하고 보호자들의 항의까지 감당하느라, 그들도 의료진 못지않게 피곤할 것이었다.

권지훈은 로비 자판기에서 커피를 뽑았다. 뜨거운 종이컵을 들고 자판기 옆에 섰다. 커피를 한 모금 마셨다. 유리 벽 너머로 남산의 야경이 눈에 들어왔다. 보랏빛 조명으로 화려하게 치장한 남산타워. 그 아래로 능선을 따라 깔린 희미한 불빛들. 평화롭고 차분한 야경은 계엄령 선포 전과 다르지 않았다. 변한 건 사람뿐이었다.

그는 남산타워를 가로지르는 구름을 바라보았다. 커피를 또 한 모금 마셨다. 타워의 조명이 구름을 보라색으로 물들였다. 그때 그의 시선을 빼앗는 움직임. 군용 지프 한 대가 정문을 지나 병원 안으로 들어서는 게 보였다. 경계 근무를 서던 군인이 철제 바리케이드를 열었다.

계엄령 선포 후 병원 안에서도 군인과 군용 차량을 보는 건 낯선 광경이 아니었다. 병원 출입구마다 경비 초소가 설치되었다. 무장한 군인들이 병원을 오가는 사람들의 신분증을 확인했다. 군인들은 주차장, 화장실, 구내식당, 편의점 등 병원 시설을 마치 자기들의 군부대인 것처럼 이용했다.

지프는 주차장 입구에서 멈추는가 싶더니, 한산한 병원 도로를 급히 달리기 시작했다. 권지훈은 주차장 시계탑을 보았다. 새벽 2시 50분. 이 시간에 군용 차량이 왜 병원을 휘젓고 다닐까? 고개를 갸웃했다. 그러나 그 이유를 알고 싶은 마음은 전혀 없었다.

권지훈은 커피를 마저 마신 뒤 응급실을 향해 돌아섰다.

***

전투복 차림의 군인 2명이 응급실로 뛰어들었다. 등에 업힌 군인까지 모두 3명이었다. 한 명은 피투성이가 된 군인을 등에 업은 채 비틀거렸다. 다른 한 명은 업힌 군인을 뒤에서 떠받치고 있었다. 3명 모두 중사 계급장을 달았다.

그들을 본 권지훈이 다급하게 소리쳤다.

"스트레쳐! 빨리!"

간호사와 의료기사가 뛰었다. 이동 침대를 끌어왔다. 피투성이 환자를 그 위에 눕혔다. 왼쪽 광대뼈 부위가 파열된 채 심하게 부어올라 있었다. 코도 퉁퉁 부었다. 오른쪽 눈에는 피가 고여 있었다. 입술이 붓고 찢어져 피가 흘렀다.

권지훈은 환자의 뺨을 가볍게 두드렸다. 반응이 없었다.

그는 가슴의 움직임을 확인하며 경동맥에 두 손가락을 댔다. 다행히 호흡과 맥박이 느껴졌다. 가위로 전투복 상의를 찢어냈다. 피로 젖은 천 조각들이 바닥에 떨어졌다.

순간, 권지훈은 헉하고 숨을 삼켰다. 야구방망이로 온몸을 두들겨 맞은 듯 푸르고 검은 멍들이 복부와 옆구리, 흉부를 가로질러 이어져 있었다.

권지훈이 환자를 데려온 군인들을 향해 고개를 돌렸다.

"왜 이렇게 됐어요?"

그중 한 명이 그의 눈을 피하며 말했다.

"교통사고를 당했습니다."

권지훈은 그를 노려보았다. 거짓말을 하고 있었다. 환자는 고문 내지 폭행을 당한 게 틀림없었다. 멀지 않은 곳에 국군병원이 있었다. 왜 그곳에 가지 않고 이곳으로 왔을까? 그러나 이런저런 걸 따지고 있을 상황이 아니었다. 일단 환자를 살려야 했다.

"산소마스크. 라인 잡고 모니터링 시작하세요."

간호사가 환자의 얼굴에 산소마스크를 씌웠다. 심전도 패드와 산소포화도 센서를 붙였다. 혈압계 커프도 감았다. 다른 간호사가 정맥 라인을 확보했다. 수액을 연결했다.

권지훈은 흉부를 청진했다. 복부를 조심스럽게 눌러 보았다. 늑골 여러 개가 부러진 것 같았다. 복부는 단단하게 팽창된 상태였다. 그는 환자의 복부에 에코 겔을 발랐다. 초음파 프로브를 복부에 댔다. 프로브를 천천히 움직이며 모니터를 살폈다. 간 주변에 출혈이 의심됐다. 비장 쪽도 상태가 좋지 않았다. 복강 내 출혈이 심각해 보였다. 당장 수술방으로 옮겨야 했다.

권지훈이 간호사에게 말했다.

"외과 호출하고 응급 수혈 요청하세요."

그때 모니터에서 날카로운 경고음이 울렸다. 산소포화도가 급격히 떨어졌다. 곧이어 심전도 모니터가 평행선을 그었다. 권지훈은 재빨리 환자의 가슴을 확인했다. 경동맥에 손가락을 댔다. 그가 다급히 외쳤다.

"CPR!"

권지훈은 흉부 압박을 시작했다. 동료 전공의가 달려들어 기도를 확보했다. 앰부백으로 숨을 불어넣었다. 심전도 파형에 미세한 움직임이 보였다. 그러나 곧 일직선으로 돌아갔다.

권지훈이 외쳤다.

"제세동 준비. 200줄 충전."

첫 번째 충격!

반응이 없었다.

두 번째 충격!

반응이 없었다.

권지훈이 외쳤다.

"에피네프린!"

간호사가 에피네프린 1밀리그램을 정맥에 투여했다.

권지훈은 흉부 압박을 계속했다. 이마에 맺힌 땀방울이 환자의 얼굴 위로 떨어졌다. 팔에서 점차 힘이 빠져나갔다. 그는 다시 제세동을 외쳤다. 동료 전공의가 입술을 깨물며 고개를 저었다.

젊은 청년의 생명은 그렇게 조용히 꺼지고 말았다.

권지훈은 환자의 눈꺼풀을 들어 올렸다. 피로 물든 눈동자가 중심을 잃은 채 멍하니 열려 있었다. 그는 환자의 동공에 비친 자신의 모습을, 넋을 놓고 바라보았다.

"지훈아."

동료 전공의가 그를 불렀다. 권지훈은 벽에 걸린 시계를 보았다.

"환자 사망 시각, 오전 3시 59분."

환자를 업고 온 군인들은 말없이 서로를 바라보다가 고개를 숙였다. 그들은 응급실을 떠났다. 다시 돌아와 후속 절차를 밟겠다고 했다. 군인의 시신은 영안실로 옮겨졌다.

***

동이 틀 무렵, 군인 3명이 응급실로 들어섰다. 스테이션에 앉아 있던 권지훈이 고개를 들었다. 그중 한 명이 그를 손가락으로 가리켰다. 다른 2명은 낯선 얼굴이었다. 한 명은 소령, 다른 한 명은 중위 계급장을 달았다.

수도방위사령부 군사경찰단 지휘관이라고 자신을 소개한 소령이 권지훈에게 말했다.

"차트 좀 봅시다."

권지훈은 어이없는 표정으로 그를 노려보았다. 환자의 차트를, 그것도 죽은 자의 차트를 함부로 보여달라니. 평상시라면 있을 수 없는 일이었다. 그러나 계엄령 선포 후 있을 수 없는 일이 일상처럼 일어났다.

"차트 좀 보자고요."

이번에는 명령조였다.

계엄법에 따라 그들은 영장 없이 민간인을 체포했고 구금했고 압수수색 했다. 불법 계엄이든 악법이든 법은 법이었다. 그의 요구를 거부할 명분이 없었다.

권지훈은 긴 한숨을 내쉬었다. 키보드를 두드리며 차트를 열었다. 소령을 향해 모니터를 돌렸다. 중위가 차트를 들여다보며 소령에게 귀엣말을 했다. 중위는 군의관인 것 같았다. 차트를 보기 위해 함께 왔을 것이다.

잠시 후 소령이 미소를 지으며 말했다.

"이거 참 곤란하군요. 차트를 이렇게 써 놓으면 우리가 감당하기 어렵습니다."

그는 주변을 둘러보더니 목소리를 낮추었다.

"정정해 주시죠. 사인은 상세 불명의 급성 심정지. 외상 소견은 없었던 것으로 하고요."

권지훈은 화가 머리끝까지 치밀었다.

"차트를 조작하라는 겁니까?"

"제가 정정해 달라고 부탁하지 않았습니까? 정정이 어떻게 조작입니까?"

"안 됩니다. 의사로서 환자를 두 번 죽일 수는 없습니다."

권지훈이 단호히 말했다. 순간, 소령의 얼굴이 일그러졌다. 그가 권지훈을 노려보았다.

"좋게 말할 때 정정하는 게 좋을 겁니다. 어차피 안 하고는 못 버틸 테니까요."

그들이 돌아가고 나서 얼마 후, 응급의학과 민 교수가 응급실로 들어섰다. 의국에서 잠을 자다가 호출을 받고 허둥지둥 달려온 전공의처럼, 머리는 헝클어져 있었고 셔츠 상의 단추가 잘못 채워져 있었다. 안경 너머로 보이는 그의 눈빛은 피로와 불안이 섞인 모습이었다.

민 교수는 권지훈을 조용히 응급실 밖으로 불러냈다. 그들은 주차장 벤치에 나란히 앉았다. 민 교수가 주변을 살핀 뒤 말했다.

"지훈아…. 이런 말, 나도 정말 하고 싶지 않다. 그런데 병원장님한테 직접 연락이 왔어. 계엄사령부의 압력이 심한가 봐. 노 위원장 알지?"

권지훈은 대답하지 않았다.

"국가바로세움위원회 노철규 위원장 말이야. 그 양반이 대통령 다음으로 계엄정부의 실세 아니냐. 수방사 소령이라는 사람이 노철규의 조카라네."

민 교수는 한숨을 내쉬며 권지훈의 어깨에 손을 얹었다.

"병원장님이 많이 곤란하신가 봐. 나도 교수 자리 지키기 힘들겠지."

권지훈은 아무 말도 하지 않았다.

"부탁한다. 외상 소견은 빼고 급성 심정지로 정리하면 돼. 모든 책임은 병원장님이 진다고 약속했으니까, 너한테 불이익 가는 일은 절대로 없을 거야."

민 교수가 고개를 숙였다. 두 사람 사이에 어색한 침묵이 흘렸다. 잠시 후 민 교수가 다시 입을 열었다.

"죽은 사람은 말이 없고 살아 있는 사람은 살아야 하잖니. 넌 이제 애도 있잖아. 병원 떠난다고 누가 대신 먹여 살려주는 것도 아니고."

병원을 내리쬐는 햇살이 눈 부셨다. 따뜻했다. 아침 햇살은 계엄령 선포 전과 다르지 않았다. 변한 건 사람뿐이었다.

권지훈은 스테이션에 앉아 군인의 차트를 열었다. 마우스를 움직여 의무 기록 전체를 선택했다. 손가락이 딜리트 키 위에서 멈췄다.

죽은 청년의 눈동자가 떠올랐다. 그의 동공에 비친 자신의 모습도 떠올랐다. 권지훈은 생각했다.

의사 생활을 못 하게 된다면 앞으로 무엇을 해서 먹고살아야 할까?

마땅한 답이 떠오르지 않았다. 밖에서 구급차의 사이렌 소리가 들려왔다.

독재를 설계하다

비상계엄 선포 4일째 되는 날, 계엄사령부는 지난 총선에서 야당 지도부의 주도로 조직적인 부정 선거가 있었다고 발표했다. 이를 근거로 다수의 야당 의원에게서 의원직을 박탈했다. 이로써 계엄정부는 여소야대의 국회를 친정부적 국회로 재편할 수 있는 정치적 기반을 마련했다.

   3성 장군 출신인 노철규는 이 과정에서 핵심적인 역할을 수행했다. 비상계엄 선포 당시 그는 국군방첩사령관이었다. 노철규는 부정 선거 의혹을 규명한다는 명분으로 중앙선거관리위원회 청사에 대규모 병력을 투입했다. 그러나 아무리 뒤

져도 부정 선거의 증거는 나오지 않았다.

노철규는 중앙선거관리위원회 고위 간부들을 구금했다. 갖은 모욕과 고문을 통해 허위 자백을 받아 냈다. 그뿐만 아니라 지난 총선의 투표 기록을 조작해 부정 선거 증거를 만들어 냈다. 이에 대한 보상으로 대통령은 그를 비상입법기구의 위원장으로 임명했다. 노철규는 육군사관학교에 수석으로 입학했고, 대위 시절 사법고시에 합격해 육군 법무관으로 근무한 경력이 있는 법률가이기도 했다.

계엄사령부는 국회의 기능을 대체한다는 명분으로 비상입법기구인 '국가바로세움위원회'를 출범시켰다. 입법권을 군이 장악하기 위한 것이었다. 위원회는 대통령의 추천과 계엄사령관의 승인을 거쳐 임명된 인사들로 채워졌다. 계엄사령관은 대통령의 꼭두각시에 불과했으므로 사실상 모든 인사권을 대통령이 휘둘렀다. 결과적으로 입법권이 대통령의 손아귀에 들어간 것이었다.

위원회의 핵심 요직은 계엄을 주도한 군 장성들과 그들에게 적극 협조한 경찰, 검찰의 고위직 간부들이 차지했다. 그 외에도 여권 정치인, 친정부 성향의 관료와 학자 등이 입법위원으로 임명되었다.

국회가 사실상 해산되면서 국가바로세움위원회는 입법권

을 독점했다. 위원장 노철규의 지휘 아래, 주요 법안들이 발의되었고 위원회의 결의로 신속히 통과되었다. 노철규가 겨냥한 방향은 명확했다. 계엄령 해제 이후에도 대통령이 장기간 정권을 유지할 수 있도록 법적 기반을 마련하는 것이었다. 그것은 비상조치에 불과한 계엄 체제를 항구적 독재 체제로 굳히려는 노골적인 시도였다.

***

노철규는 '국가 안보를 위한 헌법 개정안'이라는 제목의 문건을 손에 들고 대통령 집무실로 들어섰다. 대통령은 회의 테이블에 혼자 앉아 있었다. 대통령이 고개를 들었다.

"어서 오세요."

대통령의 얼굴은 곤죽이었다. 밤새도록 술을 마신 모양이었다. 어젯밤 궁정동 안가에서 영부인의 생일 파티가 있었다. 노철규도 초대를 받았으나 개헌안에 관한 회의가 밤새 이어져 참석하지 못했다.

그는 고개를 깊이 숙여 인사했다. 대통령 맞은편에 앉았다. 대통령 앞에 맑은 차가 담긴 찻잔, 재떨이, 담배와 라이터, 그리고 메모지와 펜이 놓여 있었다.

독재를 설계하다

"각하, 밤새 안녕하셨습니까?"

노철규가 말했다.

"덕분에 늘 안녕히 지내고 있습니다."

대통령이 미소를 지으며 입을 열었다. 순간, 돼지고기 썩은 내가 섞인 듯 역한 술 냄새가 노철규의 코로 확 다가왔다. 그는 자기도 모르게 손을 들어 코와 입을 막으려다, 화들짝 놀랐다. 자신의 불손함을 대통령이 눈치채지 못하도록 올린 손으로 앞머리를 쓸어 올렸다.

대통령이 말했다.

"보고할 게 많습니까? 오늘은 좀 피곤해서 짧게 했으면 좋겠는데요."

노철규가 문건을 펼치며 말했다.

"핵심 사항만 요약해서 말씀드리겠습니다."

"그렇게 해 주시면 고맙겠습니다."

대통령이 차를 한 모금 마신 뒤 담배에 불을 붙였다. 그가 연기를 길게 내뿜었다. 노철규는 잠시 숨을 참았다. 술과 담배를 일절 입에 대지 않는 그는 술담배를 즐기는 대통령과 독대하는 걸 가장 큰 고충으로 여겼다.

"어제 국가바로세움위원회 제3차 전체 회의에서 헌법 개정안에 대한 합의가 이뤄졌습니다. 이번 개정안은 대통령과 국회의원의 선출 방식을 전면적으로 재편하는 데 목적이 있습니다. 즉, 대통령 직접선거제를 폐지하고 간접선거제로 전환하며, 국회의원 역시 기존의 지역구 직선제 대신 정권이 통제할 수 있는 구조의 간선제 방식으로 바꾸는 것이 핵심입니다."

대통령은 담배를 입에 문 채 메모지에 뭔가를 적었다.

노철규는 개헌안 문건을 덮었다. 그리고 다른 문건을 펼쳤다. 그 안에는 헌법 개정 후 실행될 새로운 선거 제도의 설계 방안이 담겨 있었다.

그가 구상한 대통령 간접선거제는 박정희의 통일주체국민회의와 전두환의 체육관 선거를 혼합한 방식이었다. 문건에는 대통령을 간접선거제로 선출하기 위한 '국민통합대표단'의 구성과 선거 절차, 그리고 국회의원을 간접선거제로 선출하기 위한 '지역통합위원회' 및 '민의대표단'의 인적 구성 비율과 역할 등이 구체적으로 정리되어 있었다.

노철규가 말을 이었다.

"대통령 선출 기구인 국민통합대표단은 행정부, 사법부, 국방부 등 각 부처에서 추천한 고위 인사들로 구성됩니다. 독립적인 기구처럼 보이지만 대표단의 구성부터 회의 절차, 투표 방식까지 모두 정부의 통제 시스템 안에 들어오도록 설계했기 때문에, 사실상 대통령 직속 기구로 보시면 됩니다. 선거는 후보자 중 한 명을 투표로 결정하는 방식입니다."

그는 이어서 국회의원 간접선거 구조도 설명했다.

"민의대표단은 지역통합위원회가 추천한 후보군 가운데서 국회의원을 선출하게 됩니다. 각 지역구마다 대표단과 위원회를 설치하고 선거 방식은…"

그들이 추진하려는 개헌은, 현행 헌법 안에서는 불가능한 일이었다. 계엄령 선포 후 국회는 사실상 해산되었다. 입법 기능은 비상입법기구로 이관되었다. 그러나 그들이 헌법까지 마음대로 주무를 수 있는 건 아니었다. 대한민국 헌법은 개정 절차를 엄격히 규정하고 있기 때문이었다.

개헌은 대통령 또는 국회의원 재적 과반수의 발의로 시작해 국회 재적 3분의 2 이상의 찬성, 그리고 국민투표를 거쳐야만 효력이 발생한다. 그러나 국회의 기능이 마비되었고, 국회가 제 기능을 하더라도 개헌을 국민투표에 부치는 건 그들에게 위험부담이 매우 컸다.

노철규는 이 문제를 해결하기 위해 '헌법개정긴급조치법'이라는 초유의 법안을 발의했다. 이를 국가바로세움위원회에서 만장일치로 통과시켰다. 이 법은 헌법 개정 절차의 핵심

조항들의 효력을 국가 비상상황 하에서 일시적으로 정지시킬 수 있도록 했다. 그에 따라 개헌안의 발의와 심의 권한은 비상입법기구가 독점하게 되었다. 기존에 필수로 요구되던 국민투표 역시 '비상상황 시에는 비상입법기구의 결의로 대체할 수 있다.'는 조항이 삽입되었다. 헌법 개정을 위한 모든 절차적 장애물을 우회하는 구조였다.

이 조치를 통해 노철규는 본격적인 개헌 작업에 착수했다. 그가 기획한 헌법 개정안의 핵심은 네 가지로 요약되었다.

첫째, 계엄령 해제 조건을 '국가 안보가 완전히 보장될 때'로 명문화함으로써, 해제 시점을 계엄정부의 주관적 판단에 맡기는 구조로 개편하는 것이었다. 이는 기존 헌법 제77조에서 국회가 재적의원 과반수의 찬성으로 계엄의 해제를 요구한 때에는 대통령은 이를 해제하여야 한다는 조항을 무력화하려는 의도였다.

둘째, 대통령 단임제를 폐지하고 국가 비상사태가 지속될 경우 대통령 임기를 자동 연장할 수 있도록 하는 조항이 포함되었다.

셋째, 대통령 선거 제도를 직선제에서 간선제로 전환하는 내용이었다. 대통령 선출 기구인 국민통합대표단의 구성과 운영 방식은 하위 법령을 통해 정권이 통제할 수 있도록 구조화되었다.

넷째, 국회의원 선출 방식도 직선제를 폐지하고 간선제로 전환하는 내용이었다.

노철규가 보고를 끝내고 문건을 덮었다. 대통령이 말했다.
"좋습니다. 이제 내가 물러나더라도 다음 대통령은 우리가 고른 사람이 될 수 있는 거죠?"
"네, 각하."
대통령은 노철규를 물끄러미 바라보았다.
"노 위원장님. 그런데 이게… 나를 위한 겁니까, 아니면 국가를 위한 겁니까?"

노철규는 예상치 못한 대통령의 질문에 선뜻 답하지 못했다. 질문 의도를 파악하기 어려웠다. 아마도 개헌안이 정치적 정당성을 확보할 수 있겠는가, 라고 묻는 것 같았다.

"각하를 위한 것입니다. 그리고 그것이 곧 국가를 위한 길이라고 저는 믿습니다."

대통령은 피식 웃으며 고개를 끄덕였다. 노철규가 문건을 대통령 앞으로 밀었다.

"개헌안을 재가해 주시면 내일 위원회를 소집해서 결의 절차에 들어가겠습니다."

대통령은 피곤한 듯 두 손으로 얼굴을 쓸어내렸다.

"알아서 해 주세요. 저는 노 위원장님만 믿습니다."

"네, 그럼 신속히 처리하도록 하겠습니다."

"그건 그렇고… 이태석 재판은 어떻게 돼 가고 있습니까?"

"내일 결심 공판이 열릴 겁니다. 검찰이 사형을 구형하기로 했고, 재판부는 그대로 선고하기로 합의를 마쳤습니다."

"잘됐군요. 목구멍의 가시보다 더 지독한 놈인데, 이제라도 정리할 수 있게 되어서 참 다행입니다."

***

군사법정. 전 야당 대표 이태석이 피고인석에 앉아 있었다. 회색 수의 차림에 손목에는 수갑이 채워져 있었다. 손등에는 붉게 터진 상처 자국과 멍이 남아 있었다. 며칠째 잠을 이루지 못한 듯 얼굴은 창백했다. 눈 밑에는 그늘이 깊게 내려앉아 있었다. 살이 빠져 뺨은 홀쭉하게 꺼졌다. 입가에는 말없이 참아 낸 고통의 자국이 남아 있었다. 그럼에도 그의 눈빛은 또렷했다.

판결을 앞두고 이선주는 숨을 죽였다. 불과 몇 달 전만 해도 국회에서 원고를 들고 연단에 섰던 아버지였다. 그런데 계엄정부에 맞서다가 내란 음모 혐의로 군사법정에 섰다. 그녀는 입술을 깨물며 고개를 숙였다. 현실로 받아들이기 힘든 상황이 고통스러웠다.

"피고인. 자리에서 일어나십시오."

군판사가 말했다. 군인 2명이 이태석의 팔을 붙잡고 일으켰다.

"피고인 이태석. 내란 음모죄로 사형을 선고한다."

순간, 이선주는 숨이 턱 막혔다. 변호인이 자리에서 벌떡 일어났다.

"재판장님! 드릴 말씀이 있습니다."

군판사가 손을 들어 그의 발언을 제지했다.

"판결은 끝났습니다. 이의가 있다면 항소하십시오."

변호인은 주먹을 꽉 쥐고 이를 악물었지만 결국 다시 자리에 앉았다.

이태석이 천천히 고개를 돌렸다. 방청석 저편, 딸을 찾는 눈길이 허공을 가르다가 멈췄다. 이선주의 어깨가 떨렸다. 그녀는 입을 꾹 다문 채 아버지를 바라보았다. 이태석은 조용히 고개를 끄덕였다. 말 대신 전하는 작별 인사였다. 그리고 견뎌 내라는 당부였다.

구국의 결단

허름한 변호사 사무실. 이선주는 인사도 잊은 채 자리에 앉자마자 물었다.

"상황이 어떤가요?"

변호인은 책상 너머로 그녀를 바라보다 한숨을 내쉬었다.

"솔직히 말씀드리면… 가망이 없습니다."

이선주는 무릎 위에서 주먹을 움켜쥐었다.

"그게 무슨 뜻이에요?"

"군사법정의 판결은 대통령의 판결과 다를 게 없습니다. 대통령이 오랜 정적인 이태석 대표님을 처단하려고 결심한 이상, 우리가 항소한다 해도 항소 자체가 받아들여질 가능성이 거의 없습니다."

그녀의 시선이 책상 위로 떨어졌다. 입을 꾹 다물었다. 한동안 아무 말도 하지 않았다.

"국제사회에 알리는 건요? 외신 기자들, 인권 단체…."

변호인은 고개를 저었다.

"외신 기자들은 대부분 추방당했습니다. 남은 기자들도 연금 상태나 다름없는 처지고요. 기사를 자국으로 송고할 길도 막혔습니다. 계엄령이 해제되면 모를까, 방법이 없습니다."

"국민들은요? 국민들이 아버지의 혐의가 조작됐다는 사실을 알게 된다면…."

변호인이 그녀의 말을 끊었다.

"대부분 이미 알고 있습니다. 하지만 공포와 체념이 이성을 마비시킨 지 오래예요. 누구도 나서지 않을 겁니다."

"그럼… 아버지는…."

"마음의 준비를 하셔야 할 겁니다."

집으로 돌아온 이선주는 아무 생각 없이 밥부터 먹었다. 몇 끼를 굶었는지 기억이 없었다. 지하철을 타고 돌아오는 길에 허기가 막 밀려들었다.

그녀는 작업실 책상 앞에 앉았다. 노트북을 켜고 포털에 로그인했다. 출판사 이메일이 들어와 있었다.

- 작가님, 죄송하지만 이번 작품은 검열을 통과하지 못해 출판이 어렵습니다.

짧고 명료한 문장이 가슴을 짓눌렀다. 2년을 공들인 작품이었다. 편집자는, 그녀의 소설이 국가 안보를 위협할 수 있다는 이유로 검열에 걸렸다고 했다. 특히, 정부에 비판적인 내용이 문제라고 했다.

그녀는 책장으로 시선을 돌렸다. 지금껏 출간했던 책들이 가지런히 정리되어 있었다. 베스트셀러 작가는 아니었지만 독자와 평단의 주목을 받아왔다. 사회 문제를 다룬 작품이 많았다. 일부는 대학 강의에서 참고 문헌으로 쓰였다.

이선주는 책장으로 손을 뻗었다. '사형수 김대중' 그녀는 책을 들고 앞표지를 쓰다듬었다. 김대중 전 대통령 서거 후 그의 정치 역정을 그린 소설을 썼다. 책은 꽤나 팔렸다. 그 뒤로 사람들은 그녀를 이태석의 딸이 아닌, 작가 이선주로 부르기 시작했다. 계엄령 선포 후 책은 금서로 지정되었다. 서점과 도서관에서 사라졌고 출판사는 재고를 모두 폐기 처분했다.

그녀는 당분간 작품 활동을 하지 않기로 마음먹었다. 아니, 하고 싶어도 못 할 것이었다. 사람들은 다시 그녀를 이태석의 딸로 부를 것이었다. 내란음모죄를 지은 사형수의 딸. 그녀의 작품을 책으로 펴낼, 용기 있는 출판사는 없을 것이었다.

휴대폰 벨이 울렸다. 모르는 번호였다. 망설이다가 전화를 받았다.

"이선주 작가님?"

남자의 목소리는 톤이 높았다.

"누구시죠?"

그녀가 물었다.

"대통령 비서실 행정관입니다."

이선주는 보이스피싱을 의심했다. 계엄령 선포 후 청와대와 계엄사령부를 사칭한 보이스피싱이 극성을 부렸다. 그들은 계엄군에게 잡혀간 시민의 가족을 노렸다. 돈을 보내면 풀려나도록 힘을 써 주겠다는 식이었다.

"이선주 작가님 맞으시죠? 보이스피싱 아니니까 걱정 안 하셔도 됩니다, 하하하."

그녀는 반신반의하며 말했다.

"대통령 비서실에서 저한테 무슨 일로…."

"잠깐만 기다리세요. 비서실장님이 작가님과 말씀 나누고 싶어 하십니다."

뭐가 어떻게 돌아가는 상황인지 그녀는 짐작조차 할 수 없었다. 잠시 후 묵직한 목소리가 휴대폰에서 흘러나왔다.

"안녕하세요. 대통령 비서실장입니다."

"아… 안녕하세요."

"이선주 작가님과 통화를 하게 되다니, 영광입니다."

"예?"

"제가 오래전부터 작가님의 팬입니다, 팬. 하하하."

"아… 예."

"아버님에 대한 안타까운 소식은 들었습니다. 아무리 그래도 그렇지, 야당 대표까지 지낸 분에게 사형을 선고하다니. 참으로 마음이 아픕니다."

"…."

"대통령님도 아버님의 일을 매우 안타깝게 생각하고 계십니다. 군 통수권자로서 힘을 써 보려고 해도 계엄사령관이 워낙 원리원칙주의자라서 말입니다."

이 사람, 도대체 용건이 뭘까? 이선주는 슬슬 화가 나기 시작했다.

"대체 무슨 말씀을 하시려는 건가요?"

"아버님을 살리고 싶지 않습니까?"

순간, 그녀는 숨이 멎을 것만 같았다.

"무슨 뜻이죠?"

"청와대로 한번 와 주시겠습니까?

"청와대로요?

"전화로는 곤란합니다. 오시면 아버님을 살릴 방법을 알려 드리겠습니다. 존경하는 이태석 대표님이 형장의 이슬이 되는 걸 저도 바라지 않습니다. 진심입니다."

***

이선주는 커다란 회의실에서 대통령 비서실장을 기다렸다. 통화를 끝내고 청와대로 곧장 달려왔다. 머릿속은 여전히 혼란스러웠다. 여직원이 다가와 음료를 권했다. 그녀는 아메리카노를 부탁했다. 잠시 후 여직원이 커피잔을 테이블 위에 내려놓고 나갔다. 벽에 나란히 걸린 태극기와 대통령의 사진이 시선을 끌었다.

커피잔을 비울 무렵 문이 열리고, 비서실장이 들어왔다. 이선주는 자리에서 일어났다. 그가 다정한 미소를 지으며 다가왔다.

"오래 기다리게 해서 죄송합니다. 대통령님이 예고도 없이 호출을 하셔서…."

그는 활짝 웃으며 손을 내밀었다. 이선주는 그의 손끝을 잡았다. 비서실장은 맞은편에 앉아 가방을 열더니, 책을 한 권 꺼내 그녀 앞으로 내밀었다.

"'사형수 김대중'. 참으로 인상 깊게 읽었습니다. 작가님의 친필 사인을 받고 싶어서 가져왔습니다."

그녀는 말없이 책장을 넘겼다. 면지에 사인을 했다.

"이런 훌륭한 작품이 금서로 지정됐다는 사실을, 오늘 아침에서야 알았지 뭡니까. 그래서 계엄사령부 출판검열단장을 불러서 아주 호되게 야단을 쳤습니다. 당장 금서 목록에서 빼라고 말입니다, 하하하."

이선주가 고개를 숙였다.

"신경 써 주셔서 감사합니다."

"이선주 작가님."

그녀가 고개를 들었다. 비서실장은 자세를 바로잡고 말을 이었다.

"대통령님의 삶을 소재로 소설을 집필해 주실 수 있겠습니까?"

그녀는 당황했다. 예상하지 못한 제의였다. 아버지를 살릴

구국의 결단 177

수 있는 방법을 알려 주겠다고 해서 단숨에 달려왔다. 그런데 뜬금없이 대통령의 삶을 소설로 써 달라니….

"작가님의 문장은 강렬합니다. 사람들의 마음을 움직일 수 있는 힘이 있지요. 그런 문장으로 작품을 써 주셨으면 합니다. 그렇게만 해 주신다면 아버님이 항소심에서 감형을 받을 수 있도록, 제가 대통령님과 계엄사령관을 설득해 보겠습니다."

이선주는 그제야 그의 말뜻을 알아들었다. 아버지의 목숨을 담보로 대통령을 미화하는 작품을 써 달라고 요구하는 것이었다.

"정확히 어떤 작품을 바라시는 건가요?"

비서실장은 손을 깍지 끼고 몸을 앞으로 기울였다.

"대통령님이 걸어온 정치적 궤적과 그 안에 담긴 철학과 신념, 그리고 시대정신을 국민들이 보고 느낄 수 있는 작품을 써 주셨으면 합니다. '사형수 김대중'에서 보여 주신 것처럼 말입니다. 대통령님은 국가와 국민을 위해 헤아릴 수 없이 많은 시간을 고뇌하셨습니다. 그리고 수많은 결단을 내려오신 분입니다. 그 모든 과정을 기록하고 해석하는 작업이 지금 필요합니다. 그 일을 작가님이 해 주셨으면 합니다."

그녀는 침을 꿀꺽 삼켰다.

"제가 거절한다면요?"

비서실장이 고개를 저으며 침울한 표정을 지었다.

"아버님은… 끝내 형장의 이슬이 되고 말 겁니다."

그녀의 심장이 얼어붙는 것 같았다. 협상이 아니었다. 협박이었다. 이선주는 가진 패가 아무것도 없었다. 아버지를 살리려면 다른 선택지가 없었다.

"좋습니다. 하겠습니다."

비서실장은 만족스러운 미소를 지으며 고개를 끄덕였다.

"아버님을 닮아서 그런가요? 판단이 빠르시군요."

그는 자리에서 일어났다. 그녀도 따라 일어났다.

"올바른 결정을 하신 거라고 스스로 믿으셔도 됩니다."

비서실장은 그녀에게 다시 악수를 청했다.

"잠깐 기다리시면 저희 행정관이 추후 일정을 자세히 안내해 드릴 겁니다. 그럼 저는 이만…."

얼마 후 행정관이 회의실로 들어왔다. 그가 말했다.

"초고는 이미 집필이 끝났습니다. 작가님은 퇴고 작업만 해 주시면 됩니다. 출판 일정도 정해졌습니다."

그녀가 얼굴을 굳혔다.

"집필이 끝났다는 게 무슨 말이죠?"

"말 그대로입니다. 저희가 준비한 초고를 작가님의 문체로 고쳐쓰기를 해 주시면 된다는 뜻입니다. 책은 물론 작가님 이름으로 출간될 겁니다."

그녀는 자신의 역할이 편집자에 불과한 것임을 깨달았다. 화가 치밀었다. 지금이라도 거절해야 했다. 그러나 이 순간, 차가운 쇠창살 안에서 죽음을 기다리고 있을 아버지를 떠올렸다.

"알겠습니다."

그녀가 말했다.

이선주는 노트북을 켜고 이메일을 확인했다. 대통령 비서실에서 보낸 메일이 도착해 있었다. 제목은 간결했다.

- 초고 파일 첨부. 퇴고 요청.

메일을 클릭했다. 원고 파일과 함께 짧은 메시지.

- 출판 일정이 조금 촉박합니다. 이번 주 내로 퇴고본을 전달해 주시기 바랍니다.

그녀는 파일을 열어 원고를 읽기 시작했다.

⟨프롤로그⟩

2025년 1월 1일 0시. 대한민국 수도 한복판에 발을 디딘 군화의 무게는 결코 가볍지 않았다. 그것은 국가의 운명을 가르는 중대한 선택이자, 혼란을 멈추고 질서를 되찾기 위한 결단의 시작이었다. 법과 질서가 무너질 위기에 처한 그날, 대통령은 물러서지 않았다. 국회는 범죄자 소굴이 되었고, 국정은 마비되었다. 언론은 가짜 뉴스를 전하는 지라시로 전락했다. 국민은 불안에 잠 못 이루는 날이 이어지고 있었다. 대통령은 자유대한민국을 수호하기 위해 결단해야만 했다. 그는 국민을 믿었다. 역사의 판단을 두려워하지 않았다….

책장을 넘길수록 한숨이 깊어졌다. 절망감이 그녀를 괴롭혔다. 이런 쓰레기를 내 작품으로 발표해야 한다니. 마우스를 쥔 손이 부들부들 떨렸다.

처음부터 끝까지 대통령은 영웅이었다. 플롯은 없었다. 갈등도 없었다. 대통령은 자유대한민국을 수호하기 위해 개인의 안위를 포기하고 모든 정치적 부담을 감수한 지도자로, 반대 세력은 민주주의를 위협하는 무책임한 존재로 그려져 있었다. 무엇보다 원고의 절반은 비상계엄을 정당화하는 서사로 채워져 있었다.

책이 출간되고 나면….

그녀는 골치가 아파졌다. 독자들은 그녀를 문인이 아니라 내란 수괴를 찬양하는 선전 도구로 기억할 것이었다. 이선주는 눈을 감고 관자놀이를 주물렀다. 마음을 다잡았다.

아버지만 생각하자!

계엄정부는 책 출간 전부터 대대적인 홍보에 나섰다. 출간 당일, 대형서점과 도서관에 특별 전시 공간이 마련되었다. 대기업과 공공기관은 직원들에게 책을 필독서로 배포했다.

이선주는 거실 소파에 앉아 뉴스를 멍하니 바라보았다.

"오늘 출간된 소설 '구국의 결단'이 큰 반향을 일으키고 있습니다. 출간 즉시 베스트셀러에 올랐는데요, 현직 대통령의 일대기를 소설화한 이 작품은 '현대 정치 소설의 새로운 전범'이라는 평가와 함께 평론가들 사이에서도 큰 주목을 받고 있습니다."

앵커의 멘트가 끝나자, 카메라가 책을 손에 든 시민들과 서점 전시대를 비췄다. 화면은 곧 문학평론가의 인터뷰 장면으로 넘어갔다.

"단순한 정치 소설이 아닙니다. 혼란의 시대 속에서 빛난 대통령의 결단을 문학적으로 승화시킨 역사적 기록입니다."

대통령의 인터뷰 장면도 이어졌다.

"국민의 안전이 위협받고 국가의 근간이 흔들릴 때, 대통령은 결단을 미뤄선 안 됩니다. 저는 주어진 책임을 회피하지 않았고, 자유대한민국을 지키기 위한 길을 선택했습니다."

언론은 이선주를 '대한민국을 대표하는 소설가'로 치켜세웠다. 그녀의 문학적 통찰이 혼란의 시대에 국가가 나아가야 할 방향을 제시했다고 평가했다.

독자의 반응은 크게 엇갈렸다. 대통령 지지자들은 그녀를 '시대를 문학으로 증언한 작가'라며 칭송했다. 야권 지지자들은 '계엄정부의 나팔수'라며 그녀를 조롱했다. 심지어 '대통령에게 붙어먹은 접대부'라는 원색적인 비난까지 쏟아냈다.

이선주는 자신의 이름이 언급된 게시물과 댓글을 보지 않으려 애썼다. 욕설, 비난, 조롱이 휴대폰 화면을 가득 채울 때마다 속이 타들어 갔다. 글자 하나하나가 심장을 찌르는 것만 같았다. 밤마다 잠을 이루지 못했다. 밥도 제대로 삼키지 못했다.

며칠이 지나자, 온라인과 SNS에서 그녀를 겨냥한 비난성 게시물과 동영상이 빠르게 사라지기 시작했다. 누가 지웠는지, 왜 사라졌는지 알 수 없었다. 보이지 않는 손이 작동하고 있는 게 틀림없다고 이선주는 생각했다.

또 며칠이 지나자, 뉴스에서 다수의 게시자가 허위사실 유포, 명예훼손, 계엄법 위반 혐의 등으로 체포돼 구속 수사를 받고 있다는 보도가 나왔다.

****

 군사법정. 이선주는 방청석 한가운데 앉아 있었다. 서류가 찢어질 만큼 손에 힘이 들어갔다. 변호인이 최후 변론을 했다. 군검사는 1심 판결이 정당하다고 주장했다.

 군판사가 판결문을 펼쳤다.

 "피고인 이태석. 무기징역으로 감형한다."

 변호인이 안도의 숨을 내쉬었다.

 아버지가 목숨을 구했다는 것만으로도 감사해야 할까?

 이선주는 내심 무죄 선고를 기대했다. 물론 그들이 무죄를 약속하진 않았다. 그러나…. 어쩌면 그녀는 마지막까지 믿고 싶었던 것인지도 모른다. 불의에 맞선 대가가 죄가 될 수 없다는 것을. 그리고 그런 상식이 그들에게도 남아 있을 거라고 말이다.

 항소심 판결 후 며칠 동안, 이선주는 집 밖으로 나가지 않았다. 뉴스에서 연일 아버지의 감형 소식을 전하며, 계엄 정부가 관용을 베풀었다고 보도했다. 내란 음모라는 중대한 죄를 저질렀지만 갱생의 기회를 주었다는 식이었다. 계엄사령부 대변인은 아버지의 감형을, 국민적 통합을 위한 상징적 판결로 평가했다.

관용?

통합?

이선주는 깨달았다. 대통령이 자신에게 소설을 써 달라고 한 이유는, 그녀의 문장력이나 작가적 영향력 때문이 아니었다. 이태석의 딸, 그것이 유일한 이유였을 것이다.

대통령은 정적인 아버지의 형량을 감해 줌으로써 자신이 무자비한 독재자가 아니라는 이미지를 만들고 싶었을 것이다. 그 정적의 딸에게는 자신을 미화한 작품을 쓰게 하여, 야당 대표의 딸마저 자신의 편으로 돌아섰다는 메시지를 이태석 지지자들에게 전하고 싶었을 것이다. 결국 그는 돌 하나로 아비 새와 새끼 새를 모두 잡은 셈이었다.

휴대폰이 진동했다. 대통령 비서실에서 걸려 온 전화였다.

"대통령님께서 직접 통화하시길 원하십니다."

잠시 후 거친 목소리가 들려왔다.

"이선주 작가님?"

그녀는 자세를 고쳐 앉았다.

"예, 대통령님."

"책 잘 읽었습니다. 훌륭한 작품이에요. 국민들에게 큰 감동과 희망을 주고 있습니다."

"…감사합니다."

"작가님은 단지 소설 한 편을 쓴 게 아닙니다. 국가를 위해 큰 일을 해 내셨소."

"…예."

"앞으로도 계속 국가를 위해 일해 줄 수 있겠습니까?"

"무슨 말씀인지…."

"제안을 하나 하지요. 대통령 연설 비서관직을 맡아 주었으면 합니다."

이선주는 숨을 삼켰다. 연설 비서관. 대통령의 언어를 대신 쓰는 사람. 내란 수괴, 독재자의 입이 되어야 한다는 뜻이었다.

"죄송하지만… 그건 좀 어려울 것 같습니다."

침묵이 흘렀다.

"아버지가 자유를 찾는 모습을 보고 싶지 않습니까?"

"…."

"제안을 수락한다면 돌아오는 광복절에 아버지를 사면해 주겠소. 물론 맡은 소임을 충실히 해 준다는 조건이 붙지요."

"…생각할 시간을 주시겠습니까?"

"좋습니다. 오래 기다리진 못합니다."

이선주는 책을 손에 들었다. 이 책이 아버지를 살렸다. 그러나 그녀는 작가로서의 모든 것을 잃었다.

그녀는 책을 펼쳤다. 두 손으로 움켜잡았다. 양옆으로 세게 잡아당겼다. 이 빌어먹을 책은 찢어지지도 않았다.

에필로그

휴대폰 벨이 울렸다. 늦은 오후, 버스 운행을 마친 최수철은 퇴근하려고 차고지를 막 나서던 참이었다. 그는 걸음을 멈췄다. 주머니에서 휴대폰을 꺼냈다.

낯선 번호가 떠 있었다. 예전 같았으면, 받지 않았을 것이다. 그러나 계엄령이 선포된 뒤로는 사정이 달랐다. 아들과 연락이 어려워진 뒤로, 혹시라도 아들이 걸어온 전화일까 싶어서 모르는 번호도 꼭 받았다.

몇 달째 얼굴 한 번 보지 못한 아들은 간혹 영내 전화를 이용하거나 상관의 휴대폰을 빌려 짧은 안부만 전했다. 보름

전 마지막 통화에서도 "아버지, 저는 잘 지내고 있으니까 걱정하지 마세요."라는 말만 하고 전화를 뚝, 끊었다.

국번호를 보니 수도방위사령부인 것 같았다. 반가움과 불안함이 동시에 밀려왔다. 최수철은 숨을 고르며 통화 버튼을 눌렀다.

"여보세요?"

상대는 아무 말도 하지 않았다.

"아들?"

잠시 후 낮은 목소리가 들려왔다.

"최승민 중사… 아버님 되십니까?"

"예, 그렇습니다만…."

"안녕하십니까, 아버님. 저는 수도방위사령부 군사경찰단 지휘관 노진수 소령이라고 합니다."

"아이고, 소령님. 안녕하십니까. 제가 아들한테 말씀 많이 들었습니다. 친동생처럼 잘 보살펴 주신다고요. 그런데 어쩐 일로 저한테 전화를…."

침묵.

소령이 짧게 숨을 들이마신 뒤 말했다.

"애석한 소식을 전해 드리게 되었습니다."

최수철의 심장이 덜컹, 내려앉았다.

"최승민 중사가 작전 수행 중 전사하였습니다."

눈앞이 흐려졌다. 귓속이 윙윙거렸다. 최수철은 두 손으로 휴대폰을 움켜잡고 흔들리는 시야를 붙잡으려 애썼다.

"…우리 아들이… 전사라니… 그게 무슨 말씀입니까? 대한민국에서 제가 모르는 전쟁이라도 벌어진 겁니까?"

"북한의 지령을 받은 무장 시위대를 진압하던 중 그만…"

목소리가 멀게 들렸다. 숨을 들이쉴 때마다 가슴이 따끔거렸다. "아버지, 저는 잘 지내고 있으니까 걱정하지 마세요." 아들의 마지막 안부 인사가 결국 유언이 되고 말았다.

"최 중사의 유해는 전사자 예우 절차를 밟아 화장하였습니다. 그리고 대통령 훈장과 함께 일 계급 특진이-."

최수철이 그의 말을 끊었다.

"뭐라고요?"

무릎이 풀려 그대로 주저앉고 말았다.

"그게 무슨 말입니까? 화장이라니. 가족의 동의도 없이, 우리 아들을 화장했다고요?"

휴대폰 너머의 목소리는 한결같이 차분했다.

"시신의 훼손 상태가 심각해서… 가족분들에게 도저히…"

"그래도 그렇지… 그게 도대체 말이 되는 소리입니까?"

"직속상관으로서 저도 마음이 너무 아픕니다."

"마음이 아프다고요?"

입술이 떨렸다. 눈가가 뜨겁게 젖었다.

최수철은 울부짖었다.

"당신들, 우리 아들한테 도대체 무슨 짓을 한 거야?"

2025계엄민국

초판 1쇄 발행: 2025년 05월 08일

지은이: 마동주

펴낸이: 고경호

기획·편집: 고경호

기획·마케팅: 박윤호

기획·디자인: 이상준

펴낸곳: 도서출판 닥터지킬

출판사신고번호: 제2023-000041호

전화: 010-9623-0327

이메일: dr.jekyll@kakao.com

- 이 책은 저작권법에 따라 보호받는 저작물이므로 무단전재와 무단복제를 금지하며, 이 책 내용의 전부 또는 일부를 이용하려면 반드시 저작권자와 도서출판 닥터지킬의 서면동의를 받아야 합니다.
- 잘못된 책은 구입하신 곳에서 바꿔드립니다.

ISBN 979-11-984443-4-9 03810